U0575538

中国古代文学与语文教育研究

何松涛◎著

吉林人民出版社

图书在版编目（CIP）数据

中国古代文学与语文教育研究 / 何松涛著. —— 长春:
吉林人民出版社, 2023.3
　ISBN 978-7-206-19745-1

　Ⅰ.①中… Ⅱ.①何… Ⅲ.①中国文学 – 古典文学研
究②语文教学 – 教学研究 Ⅳ.①I206.2②H19

中国国家版本馆CIP数据核字（2023）第051307号

中国古代文学与语文教育研究
ZHONGGUO GUDAI WENXUE YU YUWEN JIAOYU YANJIU

著　　者:何松涛
责任编辑:任广州　　　　　　封面设计:左图右书
出版发行:吉林人民出版社(长春市人民大街7548号 邮政编码:130022)
咨询电话:0431-85378017
印　　刷:武汉贝思印务设计有限公司
开　　本:880mm × 1230mm　　1/32
印　　张:4.875　　　　　　　字　　数:120千字
标准书号:ISBN 978-7-206-19745-1
版　　次:2023年3月第1版　　印　　次:2023年3月第1次印刷
定　　价:58.00元

如有发现印装质量问题,影响阅读,请与印刷厂联系调换。

前　言

　　中国古代文学是我国优秀传统文化的重要组成部分，是我们文化软实力的突出代表，它不仅有源远流长的历史，而且具有生生不息的优良传统。中国古代文学作品在内涵上具有丰富而巨大的张力，其文学理论对今天的语文教育有较大的影响，同时，中国古代文学教育的方法多样，能够较好地调动人的主观能动性，其学法具有较强的自主性，这些优点对新时期各种层次的语文教学无疑具有极大的启迪价值。中国古代文学对当下的语文教学方法具有启示意义，在教法上破除陈规，灵活善变；学法上强调诵读揣摩，渐进领悟；在教师与学生的关系上，倡导多向交流，相互启发。

　　但是，近年来，随着新兴媒体对传统文化教学的冲击，中国古代文学在语文教育教学中也面临越来越多的挑战。如何提高语文教育水平和实践教学能力成为社会各界普遍关注的问题。目前，根据语文教育中的中国古代文学现状的分析，语文教育在中国古代文学课程教学中存在一些亟待完善的问题，因此，需转变教学理念、提高教学互动、创新教学内容、健全考评制度，以完善中国古代文学课程实践教学模式，提高语文教育水平，促进教育事业的健康发展，进一步弘扬中华优秀传统文化。

中国古代文学所代表的中华优秀传统文化是中华民族的突出优势，由于古代文学作品在内涵上的极大丰富和巨大张力，对当代学生文化素养的培养起到了巨大作用。因此笔者对中国古代文学与语文教育进行探索、研究。首先对于中国古代文学的起源、类别以及相关理论进行梳理、讨论；其次从演变历程、评价标准等方面着手对语文教育价值进行分析；最后结合二者，探究在语文教育中中国古代文学的现状、存在的问题以及对于语文教育中的中国古代文学意境的演变，从而提出中国古代文学在语文教育中的育人价值以及开发策略、措施、方法。中国古代文学作品中所涵盖的优秀价值可以直接成为引导学生的重要价值内涵，古代文学作品中蕴含的丰富文化底蕴是我们民族之幸，有助于我们在语文教育中培养学生优秀的道德品格，所以对其进行有关研究是有必要的。

目　录

第一章　中国古代文学的起源与类别

第一节　中国古代文学的起源

一、汉字的产生

文学是人类文化传播的重要方式，传播文学的主要工具是文字。虽然有口头文学之说，但其受时空制约，其传播的范围和时间都有很大局限，且会随着历史的进展在内容和形式方面有所改变，故很难说是原生态文学。通过文字流传的文学，才是可靠的文献资料。因此，在某种意义上说，文字便是文学流传的前提和条件。即使是鲁迅先生说的"杭育杭育"派，也需要写出这几个字来。要整理研究以前的文学，与古人思想接轨，便需要识得古文。

中国的汉字尤其适于流传，而且适于永久性的流传。先不说字形和字体，只看传播文字的载体便可看出中国先民杰出的智慧。就现存史料来说，最早的汉字是甲骨文，殷商时的知识分子把占卜的结果以文字形式用刀雕刻在龟甲或大块兽骨上，然后集中存放，可能是想用来验证占卜的准确与否，当然肯定也有长期保存流传后世的意识。其结果真的流传下来，致使3000余年后的人们从土里将其挖掘出来后基本还能认识，能读懂大体的意思，真是个奇迹。

流传至今最早的甲骨文是河南安阳小屯出土的殷墟文字，到现在已3600多年。西周时期，依然使用甲骨文，1954年在山西洪洞县，首次发现西周甲骨文，其后在扶风、岐山两县间周原遗址也有发现，单字超过4500多个。中国人历来希望自己的名字和事迹永载史册，于是便千方百计通过文字记录下来，并希望永远流传。在甲骨文之后，一些地位高的大贵族便把自己的名字和一些大事包括刑法等铸在青铜器上，这便是金文，也称钟鼎文。最初的铭文往往只有几个字或一两句话，到西周后期字数逐渐增多。成王时的令彝187字，康王时的小盂鼎约400字，宣王时的毛公鼎约500字，是目前发现的最长的铭文。

其后，人们便把文字镌刻在石头上，所谓的勒铭、立碑、石鼓文均属此类。稍有地位和影响的人物死后一定要请名人撰写墓志铭并刻碑。诸如此类的举措，目的都是一个：流芳百世。另外，用朱漆写在简牍上、用墨写在宣纸上等方式，都可以长久保存。近现代不断出土的竹简，敦煌保存的唐代人写的卷轴，都是1000多年前的文字，至今依然保存得清晰完整。

甲骨文也好，钟鼎文也好，石鼓文也好，只要是汉字，今人便绝大多数能够看明白，真的达到了流传的目的。我们中华民族能够比较有系统地连贯记载3000余年的有文献可证的历史，文字以及这种记载文字的形式是关键性因素之一。

文字的产生是人类文明进步的重要里程碑，是文学流传下来的前提。在漫长的社会历史中，由于生产能力的提高和交流记忆的需要，人们逐渐用一些符号来记载事物，随着符号的增多和共同使用，数量日多使用范围日广。到仓颉时期，文字已经基本成形，由于仓颉的专门书写，再进行一些创造，使之进一步规范和便于掌握。又经过数百年甚至上千年的流传、增广，文字数量更多。秦始皇统一天下，为统治的方便，必须统一文字，于是由李斯来统一书写，使天下文字完全统一起来，称"小篆"。其后经过隶书化和楷体化，文字便永远流传下来，发展成为世界主要的几种文字之一。大量的古代文献通过文字流传下来，浩如烟海的古代文学作品也是通过文字流传下来，成为我们享用不尽的精神食粮。诗曰：伏羲仓颉复李斯，草创成型规范之。甲骨金石简牍纸，文明华夏尽由兹。

二、上古诗歌

文学是一种社会现象，是一种社会意识形态，早在文字之前文学作品就产生了。最早的文学是原始人类的口头创作，即流传于人群中的古代诗歌。文学作品起源于劳动，上古诗歌就是根据劳动需要产生的。劳动是有节奏的，诗歌的韵律、节拍性因而也十分显著。它源于劳动，同时它又反过来在劳动中起着加强节奏和调剂精神的作用。关于文学起源于劳动的道理，前人阐述甚多。《吕氏春秋·审应览·淫辞》说："今举大木者，前呼舆邪，后亦应之"，《淮南子·道应训》也有类似的说法

"今夫举大木者，前呼'邪许'，后亦应之，此举重劝力之歌也"；鲁迅先生的话更为明白、生动，他在《且介亭杂文·门外文谈》中说："我想，人类是在未有文字之前，就有了创作的，可惜没有人记下，也没有法子记下，我们的祖先原始人，原是连话也不会说的，为了共同劳作，必须发表意见，才渐渐地练出复杂的声音来，假如那时大家抬木头，都觉得吃力了，却想不到发表，其中有一个叫道'杭育杭育'，那么，这就是创作；大家也要佩服、应用的，这也就等于出版；倘若用什么记号留存下来，这就是文学；他当然就是作家，也是文学家，是'杭育杭育派'"。

这种"舆謣""邪许""杭育"的劳动号子声，一旦和表示具体意义的语言相结合，便使呼声有了明确的含义，呼声中的语言也就演化而为既有节奏又有意义的唱辞，于是上古诗歌就产生了。由于产生年代久远和没有文字可兹记录，所以今天能见到的上古诗歌已为数甚少，而且真伪也难考辨。某些古书中保存的诗歌，就其音节、形式、内容来看，是极似原始歌谣的。如《吴越春秋》所载《弹歌》：断竹，续竹，飞土，逐宍。这很可能是一首产生于渔猎时代的猎歌。唱出了原始人砍断竹子，捆成弓；射出土丸，追逐猎物的整个射猎过程。也抒发出我们的远古祖先，为自己发明了狩猎工具而感到喜悦和自豪。这首歌淳朴自然、概括力极强，属原始型诗歌。

上古还流传一些祭祀祈祷的韵语，颇具早期诗歌特点。如《礼记·郊特牲》所载伊耆氏（即"神农氏"）的《蜡辞》："土反其宅，水归其壑，昆虫毋作，草木归其泽"。

《蜡辞》是十二月蜡祭群神时，所发的祷告之辞，希望神灵保佑：泥土不要流失，洪水退回深谷，害虫不要咬坏庄稼，草木恢复其润泽。虽是祈祷，但也显露出人与自然作斗争、要自然为人类造福的思想萌芽。当然，就其艺术形式较为完整、语言表达相当缜密而论，恐非传说中的神农氏时所作，起码应晚于上述各例，说它是殷商时的作品更可信一些。

照理说，作为文学作品最早形式的上古诗歌，应该是大量的，像当时的劳动生活一样丰富多彩，但是因为当时没有文字记录，全凭口耳相传，时间又已久远，自然存留甚少。但从仅存的有限材料中，已足见其清新、质朴、明朗、健康的情调。上古诗歌是中国文学的古老源头。

三、文学的摇篮——神话

在原始时代，生产力低下，原始人在同自然（也包括社会）作斗争的过程中，往往无能为力。他们的知识限制了他们对自然规律的认识和掌握，因而对变化多端的自然现象感到神奇莫测，认为在冥冥之中有神在控制、指挥，于是凭借自身的生活体验，通过想象和幻想，创造出人格化的神的形象，并按照幼稚的思考创作出神的故事，以解释自然现象、征服和支配自然力。这些故事在古代人的口头代代相传，后世便称之为神话。神话在文学史中有着十分重要的价值。[1]

---

①梁利玲. 中国古代文学经典再发现之《搜神记》初探[J]. 今古文创，2021（44）：19—20.

第一，神话具有不朽的认识价值。神话是原始时期人类社会意识的最初记录，是自然界和社会生活本身的曲折反映，也是人类历史文明的第一页。它为我们认识人类幼年时期的状况，探索远古时代的历史奥秘，了解远古人类的意识、情感，提供了可贵的信息，宝贵的资料。例如《述异记》中说：盘古死后头为四岳，目为日、月，脂膏为江海，毛发为草木的传说，使我们了解到原始人对世界由来的认识，从中可以看出我们祖先的朴素唯物主义思想，即世界是由物质变化而来。又如《山海经·海外西经》载："刑天与帝至此争神，帝断其首……乃以乳为目，以脐为口，操干戚以舞"，表现了古人敢于向绝对权威挑战的精神和不屈不挠的意志。又如许多奇人异物的神话，从中可以看出古人征服自然的愿望和丰富的想象力等等。

第二，神话具有重要的艺术价值。古代神话是浪漫主义文学的萌芽，对后世文学的影响很大。一般说来，神话创作的基础是现实的，而神话的创作方法是浪漫的。神话以其奇特奔放的幻想，启发作家的想象力，并提供了丰富的文学题材和艺术形象。我国先秦时期的神话，同样是我国文学艺术的土壤。屈原的楚辞，庄子的散文，阮籍、陶渊明、李白、李贺、苏轼等的诗歌，特别是小说、戏剧。如《柳毅传书》《张生煮海》《西游记》《封神演义》以及鲁迅的《故事新编》等等，同样是我国作家在古代神话的土壤上，辛勤耕耘的丰硕成果。

第三，神话具有很高的审美价值。古代神话以其瑰丽壮伟给人以美妙的艺术享受。神话中所蕴含的对勤劳、勇敢、正直、善良的礼赞，对崇高、粗犷、神奇、悲壮的美的讴歌，不仅反映了我们祖先的思想、情感和性格，而且对我们民族道德情操的形成，价值观念的取向，都有重要的启迪和陶冶作用。神话中的乐观主义、英雄主义以及对现实的积极态度，强烈要求改变现实和追求美好生活的愿望，鼓舞着后代子孙，尤其是对作家进步世界观的形成有着重要的作用。

第二节　中国古代文学的类别

一、文采斐然：诗词

人类许多民族在语言的发展中产生了适合本民族语言的诗歌形式。在中国，最早的诗歌总集是《诗经》，其中最早的诗作于西周初期，最晚的作品成于春秋时期中叶。

到了战国时期，在南方的楚国华夏族和百越族语言逐渐融合，其诗歌集《楚辞》突破了《诗经》的一些形式限制，更能体现南方语言的特点。

乐府诗是为了配音乐演唱的，相当于现代社会的歌词。这种乐府诗称为"曲""辞""歌""行"等。三国时期以建安文学为代表的诗歌作品吸收了乐府诗的营养，为后来的格律更严谨的近体诗奠定了基础。

到了唐代，中国诗歌出现了四句的绝句和八句的律诗。律诗押平声韵，每句的平仄、对仗都有规定。绝句的规定稍微松一些。

唐代是我国古典诗歌发展的全盛时期。唐诗是我国优秀的文学遗产之一，也是全世界文学宝库中的一颗灿烂的明珠。尽管离现在已经有一千多年了，但许多诗篇还是被广为流传。

唐代的诗人特别多。李白、杜甫、白居易等一些人是世界闻名的伟大诗人，除他们之外，还有其他无数诗人，像满天的星斗一样。这些诗人，今天知名的就有两千三百多人。他们的作品，保存在《全唐诗》中的就有四万八千九百多首。

唐诗的题材非常广泛。有的从侧面反映当时社会的阶级状况和阶级矛盾，揭露了封建社会的黑暗；有的歌颂正义战争，抒发爱国思想；有的描绘祖国河山的秀丽多娇；此外，还有抒写个人抱负和遭遇的，有表达儿女爱慕之情的，有诉说朋友交情、人生悲欢的，等等。总之，从自然现象、政治动态、劳动生活、社会风习，直到个人感受，都逃不过诗人敏锐的目光，而成为他们写作的题材。在创作方法上，唐诗既有现实主义的流派，也有浪漫主义的流派，而许多伟大的作品，则又是这两种创作方法相结合的典范，从而形成了我国古典诗歌的优秀传统。①

唐诗的形式和风格是丰富多彩、推陈出新的。它不仅继承了汉魏民歌、乐府的传统，并且大大发展了歌行体的样式；不仅继承了前代的五、七言古诗，并且发展

---

①凌云志. 古代文学视角下的乡村田园声景意境——评《中国古代文学名篇鉴赏辞典》[J]. 热带作物学报，2021，42（04）：1269.

为叙事言情的长篇巨制；不仅扩展了五言、七言形式的运用，还创造了风格特别优美整齐的近体诗。近体诗是当时的新体诗，它的创造和成熟，是唐代诗歌发展史上的一件大事。

词，是按照一定的乐谱而演唱的歌词。它是先有一定的曲调，然后再按照固定的通用曲谱填进词去，故又称"曲子词"或"乐府"。由于音乐的关系，词的句子一般是长短不齐的，但每一词调、句中之字、平仄都有一定的限制，词又被叫作"长短句"。

词，这种体裁，早在六朝便已萌生，敦煌曲子词的牌调也多六朝旧曲。到了唐代既继承六朝以来的乐曲也大力吸收了"胡夷乐曲"和"里巷之歌"又制新曲，词便更加成熟，广泛地为民间所使用。唐代民间也有许多俚曲小调，如《杨柳枝》《纥那曲》《竹枝》《山鹧鸪》《抛球乐》《望江南》《菩萨蛮》《何满子》等。自盛唐，中唐以至晚唐五代均有，大部分作者是民间各行各业的劳动者，所反映的社会生活面非常广阔。

词在本质上和诗一样同属抒情文体，但是词不仅具有自己独特的形式体制，而且取象造境、传声达情与诗大不相同。王国维在《人间词话》中指出："词能言诗之所不能言，而不能尽言诗之所能言。诗之境阔，词之言长。"相对而言，诗的言情功能强大，词的言情功能细致。诗所表现的社会生活广泛得多，所运用的艺术手段丰富得多，而词则比诗更能深入地表达人们敏感而隐秘的内心世界，更加擅长刻画人们悱恻而缠绵的情态。在古代文坛上，词与诗各具风采，相得益彰。

宋代文学是继唐代文学之后的又一座高峰。不仅在作家作品的数量上远超前代，而且词和文的成就甚至超过了唐朝，尤其是词代表了宋代文学的最新成就。

北宋前期的词，大多是酒筵歌席间娱宾遣兴之作，多言男女情事，形式多为小令，风格婉约流丽，代表作家是晏殊、欧阳修。然而，晏欧词比南唐词抒情性更强，风格更雍容秀雅，文人化、诗人化的倾向更明显，显示着词逐渐由娱宾遣兴，转为了言情写志。

自元代开始，中国诗歌的黄金时期逐渐过去，文学创作逐渐转移到戏曲、小说等其他形式。

二、沉博绝丽：散文

中国古代散文的开端应从先秦历史散文和诸子散文说起。就体裁而言，先秦历史散文的形成，有一个演变过程。早期的《尚书》，除假托的部分，完全是史官所保存的文件的汇编；《春秋》虽相传经过孔子的删定，但仍然保持着史官记录的体式。战国初期形成的《左传》《国语》也利用了大量史官记录，但已经不是严格意义上的官方著作。至于战国末年至秦汉之际形成的《战国策》，其主要来源是策士的私人著作。总体说来，这个过程表现为官方色彩逐渐减弱。而愈是后期和愈是接近民间的著作，其文学成分愈是显著，而相应地，在史学的严格性方面都有所削弱。这也可以说是创作风格的特征之一，亦属于文体的范畴之内。

《尚书》就其体裁而言，是古老的文章汇编。而"春秋"原是先秦时代各国史书的通称，后来仅有鲁国的《春秋》传世，便成为专称。这部原来由鲁国史官所编

《春秋》，相传经过孔子整理、修订，赋予特殊的意义，因而也成为儒家重要的经典。《春秋》是一部编年体史书，它以鲁国的纪年为线索，记写了春秋时期的大事，编年体史书之祖。《春秋》最突出的特点就是寓褒贬于记事的"春秋笔法"，这也作为一种写作手法，对后世产生了深远的影响。

《左传》实质上是一部独立撰写的史书。只是后人将它与《春秋》配合后，可能做过相应的处理。《左传》是第一部包含着丰富文学因素的历史著作，它直接影响了《战国策》《史记》的写作风格。促成文史结合，这是《左传》对散文的最大贡献。而另一部史书《国语》是我国第一部国别史，它的形式与春秋等书不同，是以国家为记叙的线索，分别记写了不同时期的大事，开国别体史书之先河。

诸子散文与历史散文不同，是春秋战国时代各个学派阐述自己学说的著作，是百家争鸣的产物。其思想各据一端，精彩纷呈。正因为它是随着争辩的风气而发展起来的，其基本趋向，就是从简约到繁复，从零散到严整。愈是后期的著作，篇幅愈宏大，组织愈严密。就本来的意义说，诸子散文是政治、哲学、伦理等方面的论说文，不是文学作品。就体裁来说，可以说历史散文是记叙文，而诸子散文则是议论文。

时至西汉，以单篇的文章而言，文章的风格总体上带有显著的政治色彩和实用性质，同时也讲究文采。这一种文章，受国家政治形势变化的影响很大。直到一部伟大的著作——《史记》的出现。

《史记》是散文体裁的一次变革。全书由本纪、表、书、世家、列传五种体例构成。"本纪"是用编年方式叙述历代君主或实际统治者的政绩，是全书的大纲；"表"是用表格形式分项列出各历史时期的大事，是全书叙事的补充和联络；"书"是天文、历法、水利、经济等各类专门事项的记载；世家是世袭家族以及孔子、陈胜等历代祭祀不绝的人物的传记；"列传"为本纪、世家以外各种人物的传记，还有一部分记载了中国边缘地带各民族的历史。《史记》通过这五种不同体例相互配合、相互补充，构成了完整的历史体系。这种体裁叫作纪传体，以后稍加变更，成为历代正史的通用体裁。

散文在魏晋时期没有长足的发展，这种状况一直持续到唐代的"古文运动"。所谓"古文"，是韩愈等人针对唐代的"时文"，即魏晋以来形成、至初盛唐仍旧流行的骈体文而提出的一个概念，指先秦两汉时单行散句、没有规定形式的文体。

古文与时文的区别在于强调的重点不同。时文由于对文章形式的要求过高，力求骈偶，讲究修辞，铺张华丽，是一种诗化的风格。但正是由于这种风格导致了内容的空泛，感情表达得不透彻。韩愈、柳宗元等提倡的"古文运动"正是根据这个特点，欲改革文体，于是发起了声势浩大的"古文运动"。①

"古文运动"是文学史上一个复杂的现象。就其解放文体、推倒骈文的绝对统治、恢复散文自由书写的功能

---

①任健. 中国古代文学蔷薇意象与题材研究[D]. 南京：南京师范大学，2019.

这一点来说，无论对实用文章还是对艺术散文的发展，都有不可磨灭的功绩。

我国古代散文的发展大致就是这样一个经过，至后来的宋、元、明、清各朝，散文的体裁没有发生变化，成就上也很难超过前代。

三、词藻艳丽：骈文与辞赋

骈文是与散文相对而言的一种文体名称。骈文的主要特点一是讲究对偶，二是协调音律。溯根寻源，这种语句对偶、讲究声韵作为一种技巧特色，在先秦散文中早已有之。汉赋出现后，对偶句趋向增多，到了魏晋，骈体文章已经形成，如曹丕《与吴质书》中就不乏对仗甚精的对偶句："岁月易得，别来行复四年，三年不见，东山犹叹其远，况乃过之？思何可支"。而曹植的《洛神赋》的对仗精工，声韵琅琅，更具骈体文字形成之美，如"其形也，翩若惊鸿，婉若游龙。荣曜秋菊，华茂春松、仿佛兮若轻云之蔽月，飘摇兮若流风之回雪。远而望之，皎若太阳升朝霞；迫而察之，灼若芙蕖出绿波"。到了南北朝，尤其齐、梁之际，由于封建君主及贵族士大夫的爱好和提倡，骈文达到鼎盛时期。自东晋末至南北朝以来近二百年间，几乎所有作家都写骈文，不论历史、学术著作，还是书信、奏表，全部骈化。当然也有少数作家摆脱束缚，写出了内容较为充实、艺术技巧也很高的骈体作品，如南朝宋之鲍照，他的《芜城赋》被后世誉为"赋家之绝境"，它以夸张对比手法，描绘了广陵城昔时之繁华与今日之荒凉，揭示出由于统治集团之间的战乱造成的巨大破坏，如赋尾的"歌曰：边风急兮城上寒，井径灭兮丘陇残。千龄兮万代，共尽兮何言！"抒发了浓厚的苍凉伤感之情。此外，他的《登大雷岸与妹书》与《瓜步山揭文》等，均写景抒情，议论纵横，笔底传神，各具特色。南齐的孔稚珪的《北山移文》，全篇以拟人法借山中景物之口，淋漓尽致地讽刺那些贪图官禄的假隐士的虚伪情态。"于是南岳献嘲，北陇腾笑，列壑争讥，攒峰竦诮，慨游子之我欺，悲无人以赴吊。故其林惭无尽，涧愧不歇，秋桂遣风，春萝罢月……请回俗士驾，为君谢逋客"。语言生动优美，抒情味极浓。齐、梁间陶弘景的《答谢中书书》，丘迟的《与陈伯之书》、吴均的《与朱元思书》、江淹的《恨赋》《别赋》均为这一时期骈文之名篇。或写南方清秀明丽之景，或抒不满现实、失意牢骚之情，多有惊人之笔。如《与陈伯之书》中的"暮春三月，江南草长，杂花生树，群莺乱飞"几句，把南国风光写得亲切动人。

北朝庾信的骈文成就最高，《哀江南赋》是其代表作，这是他由梁入西魏，羁留北周以后的作品。通篇以追叙梁代兴亡和感慨个人身世为主，客观地揭示出梁代统治者的昏庸腐朽，以及江陵陷落后百姓流离之苦。"日暮途远，人间何世！将军一去，大树飘零；壮士不还，寒风萧瑟"。该赋的起始，迭用典故，气势苍凉，自是不同凡响。迫读至"水毒秦泾，山高赵陉，十里五里，长亭短亭。饥随蛰燕，暗逐流萤；秦中水黑，关上泥青。于时瓦解冰泮，风飞电散，浑然千里，淄渑一乱"，一片家国破败流亡在道的景象，令人掩卷而叹。唐代大诗人杜甫《咏怀古迹》"庾信平生最萧瑟，暮年诗赋动江关"

之句，就是指此篇而言。庾信的《小园赋》和《枯树赋》小巧纤丽，也是自伤身世的抒情名篇。

尽管骈赋文体中还有上述较好的作品，但终因它在声律、对仗等形式上太过雕琢，对文学的发展起绊羁作用，所以南北朝之后，就逐渐由盛步入衰微了。

辞赋则是汉代最流行的文体，它的雏形可以追溯到先秦时期的《楚辞》。两汉四百年间，许多散文高手也是辞赋大家。后人以辞赋为汉代文学代表，故有"汉赋"的专称。赋盛于汉，但产生却在战国后期。最早以"赋"作为篇名的是荀子，他为"礼""知""云""蚕""针"五者作赋，以通俗的隐喻铺写事物，是赋处于萌芽状态不成熟时期。另外，赋的进一步发展又与纵横家散文的特点有关，且直接受新兴文体楚辞的影响。故推究辞赋之祖，应是屈原与荀况。

作为一种文体，赋的主要特点是半诗半文。就它以铺叙手法写事物来看，接近散文；但从它要求句式基本整齐，且一定要押韵看，又近诗歌。古人常常诗赋并称。由屈子楚辞、荀子之赋变而为汉赋，中间自然有着逐步的过渡。如战国末期之宋玉、唐勒、景差等都以赋见称，保存至今的有《九辩》《高唐赋》《神女赋》《风赋》《登徒子好色赋》，均为宋玉的作品，对汉赋有一定影响。

汉赋的发展可分为三个阶段，一是西汉初年的辞赋家追随楚辞余绪，流行骚体。其代表人物有贾谊、枚乘。稍后至西汉中叶，即自武帝起，汉代鼎盛时期，辞赋风行一时，逐渐演变为有独立特征的散体大赋，这是汉赋的主体。据《汉书·艺文志》记载，整个西汉时期共有赋一千零四篇，其中单是汉武帝时期就有四百三十五篇。代表作家有司马相如、东方朔。东汉后期逐渐衰败，辞赋也进入晚期，这时的赋，多是短篇抒情、咏物之作，也兼寓讽世之意。以赵壹、蔡邕、祢衡等为代表。东汉末期，外戚擅权，统治阶级内部争权夺利，军阀混战，杀伐不休，人民反抗斗争如火如荼。尤其是公元一八四年的黄巾农民大起义的爆发，彻底摧垮了东汉王朝。再也没有表面上的升平繁荣可歌颂的了，汉赋已发展到晚期，汉大赋销声匿迹了，代之出现的是抒情咏物，兼寓嘲讽时世的短篇小赋。汉晚期小赋，虽具有一定思想内容和峻峭清丽的风格，但已趋向衰落了。

四、引人入胜：小说

"小说"一词，在我国是一个不断发展的概念，在不同的历史时期有着不同的内涵。"小说"二字最早出自战国时期的《庄子·外物》："饰小说以干县令，其于大达亦远矣"，这里把小说说成是不合大道的琐屑言论，与作为文体意义的"小说"并不相同。

从文体角度提出小说概念的是汉代。东汉初年，桓谭在《新论》中说："若其小说家，合丛残小语，近取譬论，以作短书，治身理家，有可观之辞。"这段话很明确地定性了小说的一个重要价值——治身理家。

在古代神话传说，民间故事、史传文学的肥田沃土上，魏晋南北朝的小说孕育而生。虽然大多是篇幅短小，情节简单，但结构完整、描写细致，已粗具小说的规模。按其内容而论，可分谈鬼神怪异的志怪小说与记录人物轶闻琐事的轶事小说两类。前者以《搜神记》、后者以

《世说新语》为其代表作。

《搜神记》保存了许多古代优秀神话传说，赖此书流产而千古不衰，成为我国优秀文化遗产的一个部分，它为唐代传奇的出现准备了条件。

《世说新语》以精炼含蓄的语言，生动地表现了人物精神风貌，往往只言片语就极生动地勾勒出人物性格，表现了记事写人的高超技巧，艺术成就颇高。它是后世笔记小说的先驱。

南北朝的志怪与轶事小说，发展到唐代而为传奇小说，这是小说发展史上的一大演进。唐代传奇就是用文言写的短篇小说。晚唐文人裴铏率先把所撰的文言短篇集命名为《传奇》，后人以为名。

唐传奇小说的艺术手法，也在发展中逐渐完备和提高，它虽源于志怪，但已不仅是"传鬼神、明因果"，而主要在文采与意识上是"有意为小说"。所以它摆脱了志怪粗糙简单、刻板公式，而"叙述婉转，文辞华艳"；人物性格鲜明突出，结构严密，情节曲折，写景、抒情、叙事相结合，已初具长篇规模。另外，它成功地运用了市民口语，生动传神。这些都使它具有极强的生命力，对后代文学产生深远的影响。诸如宋代传奇小说的形式，宋代以后话本小说及元、明、清杂剧作品等，均与唐人传奇有渊源关系。至于在后世诗文中引用唐传奇典故，就不胜其多了。

中国文学发展的各个时期都有一种比较繁荣的文学样式，如同唐诗、宋词、元曲一样，明代小说代表了明代文学的最高成就，呈现出万紫千红的繁荣景象，明代小说为清代小说艺术高峰的形成准备了充分的条件。明代小说的繁荣，首先表现为作品数量多，规模大，众体齐备，反映社会生活面广。从创作主体来看，由积累型转变到了独创型。直到《儒林外史》和《红楼梦》，使古代作家独创性小说艺术达到峰巅。清代是我国最后一个封建王朝，也是我国历史上一个重要的转折时期。在清代数量浩繁、体式众多的文学作品中，以及一些卓有成就的大家，他们力求在继承中有所突破和创新，这在小说中表现得尤为突出，其中，蒲松龄的《聊斋志异》，是历代文言短篇小说发展到极致的代表，吴敬梓的《儒林外史》是我国成就最高的古代讽刺小说，而曹雪芹的《红楼梦》作为打破了"传统的思想和写法"的长篇白话小说，就像超拔于中国古典小说群山的一座最高峰，在我国文学史上有着不可替代的地位。

五、文学奇葩：戏曲

我国戏曲艺术形成较晚，有一个缓慢而独特的发展过程。原始社会以农牧生活为内容的歌舞，可以说已经包含了戏剧的萌芽，进入封建社会，出现祭祀乐舞，和娱乐性的优舞；西汉封建帝国建立后，又盛行汇总了民间各种表演艺术的百戏；南北朝时期，北朝出现了"拨头""代面""参军"等具有一定故事性的表演形式。表演艺术经过各代的发展一步一步地走向成熟。孕育着戏剧的萌芽。但唐代以前我国还没有出现真正的戏曲。

唐代到宋金，是我国戏剧形成的重要阶段，唐代乐舞对后代杂剧的乐调和表演，有很重要的影响。同时变文，以及传奇小说的产生，又为即将出现的戏曲准备了多样的题材。唐代参军戏更加流行，而且有了进一步的发展，一般有两个角色，并出现了伴奏和歌唱。北宋时，在唐参军戏的基础上，发展起了杂剧，杂剧分艳段、正杂剧、杂扮几部分。艳段是起开场引入"正文"的作用；正杂剧演出故事经过，一般又分为两段；杂扮则是属于逗人发笑用的段子，一场有四人或五人演出。和杂剧十分相似的是金代院本，《辍耕录》记载的金院本名目有六百九十种之多，剧目、人物已有很细致的区分。杂剧和金院本构成了我国戏剧的雏形。

诸宫是宋金流行的讲唱文学的一种，内容丰富，乐曲组织多样，有了说白和歌曲的分工。在题材和音乐方面，都为元杂剧准备了条件。此外，宋朝的傀儡戏和影戏已能表现完整的故事，有配合地演唱，这对表演艺术也有积极影响。

我国历史上第一次出现的成熟的戏剧形式是元杂剧。它是在金院本和诸宫调的基础之上，融合各种表演艺术形式形成的。其文学剧本还受到了唐宋以来的话本、词曲、讲唱文学的影响。

元杂剧固然是我国表演艺术步步发展综合的辉煌成果，而它的出现与兴盛又有着必然的社会历史原因。

第一，宋辽金元这一历史时期是充满战争气氛的时期，辽侵北宋，金灭辽，金灭北宋，元灭金，元灭南宋战乱连续，直到元朝确立统治地位之后，又实行民族压迫，也更加剧了阶级矛盾。长期处于灾难与反抗斗争中的人民，要求能够有一种文艺形式，能深刻地反映现实生活、通俗而具有强烈的感染力与抨击力量。于是，元杂剧就应运而生了。其次，元杂剧的产生与兴盛也具有可能性，元初，文化传统遭到一定程度的摧残，几十年不开科取仕，知识分子进仕之途被阻塞，本来社会地位就不高的文人，就更增多了接触下层的机会。出现了许多由文人和民间艺人共同组成的书会，吸收了民间艺术成果，推动了杂剧的创作。另外，宋元经济的繁荣进一步为杂剧的发达提供了可能，城市中有大批的艺人和众多的勾栏瓦肆，表演活动的人力、物力资源空前雄厚。上述种种，都促使元杂剧的产生、并在元代前期就很快地达到了兴盛局面。

元代可以考知姓名的杂剧作家，有八十多人。见于记载的作品，超过五百多种。现存的也在百种以上，声势颇壮。

元杂剧将歌曲、舞蹈、宾白有机地融为一体，是一种综合性的艺术，它具有自己的一套完整的体制，很有规律。从结构上看，一般是一本四折，演出一个完整的故事，个别也有一本五折、六折的。

折，是音乐组织单位，同时又是故事情节发展的一个自然的段落。一折中往往又包括不少场次，有时间、地点的变动。杂剧每折必须使用同一宫调的曲牌组成的一套曲子，演出时，一般都是正末或正旦独唱，而其他角色只是一旁道白。所以一般根据正末或是正旦担任主角，可以分杂剧为末本戏和旦本戏。另外的角色有外末、外旦、净、卜儿、徕儿等，比较灵活，其多少与有无可以根据剧情决定。角色分工比诸宫调要细。

大多数杂剧还有楔子，一般篇幅较短，或出现在第一折之前，起开场引起正文或对故事进行简介的作用。也有些插在折与折之间，起过场衔接的作用。

杂剧的剧本一般由曲词和宾白组成，曲词广泛地吸收了诗、词、民间说唱文学的精华，格律严密，适合演唱，同时又自由流畅，可以添加衬字，是一种新颖的诗体。宾白，一般由白话组成，也有少部分韵语。一般分为对白和独白。剧本往往还规定演员的主要动作、表情和舞台效果，叫作"科"，如"哭科""跪科"等。

元杂剧形式严密，别具一格，表演精彩，颇有特色，在群众中影响很大。

第二章　中国古代文学理论研究

第一节　中国古代文学的创作发生论

文学的发生，它的内涵应包括两点：一是人类最初的文学是什么时候产生的？它又是怎样产生的？即文学的起源问题；二是文学创作的起因或素材来源是什么？即文学的创作源泉问题。这两个问题是从不同角度着眼的，前者就"史"而言，后者就创作而论。

一、起源论

文学究竟起源于何时？关于这个问题，论说得比较明确的是南朝沈约。他说："然则歌咏所兴，宜自生民始也。"沈约认为诗歌从初民的时代就有了，即是说，人类出现以后，诗歌也就随之出现了。我们认为沈约这种说法是有一定道理的，因为人类脱离动物界以后，组成原始社会，最基本的社会实践活动是生产劳动。原始人在共同的劳动中要协调动作，或者为了减轻疲劳，会情不自禁地哼出简朴的诗歌来。鲁迅对此曾这样通俗而深刻地剖析道："我们的祖先原始人，原是连话也不会说的，为了共同劳作，必须发表意见，才渐渐地练出复杂的声音来，假如那时大家抬木头，都觉得吃力了，却想不到发表，其中有一个叫道'杭育杭育'，那么，这就是创作；大家也要佩服、应用的，这也就等于出版；倘若用什么记号留存下来，这就是文学"。

这里，鲁迅本着文学起源于劳动的基本观点，把文学出现的时间一直上溯到人类语言还没有形成的时候，即人类刚刚脱离动物界的时候。鲁迅这"文学"的概念，是指极原始的歌咏。关于文学起源于劳动的观点，普列汉诺夫也曾明确地指出："在原始部落那里，每种劳动有自己的歌，歌的拍子总是十分精确地适应于这种劳动所特有的生产动作的节奏"。

文学既然起源于劳动，而劳动又是人类区别于动物界的根本标志，主客体的"自然"就是在劳动中被"人化"的，也就是说，劳动伴随人类始终，因而文学也必然起始于初民时候。可见，沈约关于文学"宜自生民始"的观点是符合文学起源史的实际的，只不过是沈约不可能像鲁迅、普列汉诺夫那样能运用历史唯物主义观点从"劳动"这根源上探究其原因罢了。

二、创作源泉论

创作源泉问题，在中国古代文论中说法较多，归纳起来，主要有以下几种。

第一，来源于"五经"，不管是"五经"还是"圣贤之书"，乃至一切书籍，多读可以提高文学修养，但决不能解决创作源泉问题。我国古代一些文论家之所以强调创作源于"五经"，一是出于维护历代封建统治者的"明道"要求，因为要"明道"，即用"五经"来规范"文"和"人"，以便顺利地贯彻孔孟之道；二是出于一种错觉，因为多读书确实可以提高文学修养，对写出好文章关系很大，这就导致了他们现象地看问题，从而把"流"当作"源"。

第二，"心灵表现说"。这一种创作源泉说，我国现代文论史上一般也是认为它出自西方十九世纪后期文艺理论界。一些资产阶级文艺理论学家，从他们的主观唯心主义观点出发，认为人的本性要表达自己心灵的情感，而这种本性用声音、语言、形体表现出来，就成了音乐、文学、绘画、舞蹈等。后来，西方有的文论家进而把这观点明确化，提出文艺源于表现"自我"心灵的观点。其实，这种创作源泉说在我国古代文论史上早就有了。《毛诗序》的作者曾提出这样的观点："诗者，志之所之也。在心为志，发言为诗，情动于中而形于言，言之不足，故嗟叹之，嗟叹之不足，故咏歌之，咏歌之不足，不知手之舞之，足之蹈之也。"

这一段话指出了诗是思想感情的表现，而思想感情又出自内心，用语言把内心的思想感情表达出来就成了诗。《毛诗序》作者所论述的观点，有它正确的因素，这就是他提出的诗是思想感情的表现的观点。那么，思想感情又是从哪里来的？他则认为出自内心。

第三，"感物说"。在中国古代文论中首先把外物作为文艺创作源泉的是《乐记》："凡音之起，由人心生也。人心之动，物使之然也。感于物而动，故形于声；声相应，故生变；变成方，谓之音；比音而乐之，及干戚羽旄，谓之乐。乐者，音之所由生也，其本在人心之感于物也"。孔颖达对这段话中的"方"和"物"做了解释。

他说:"方,谓文章。声既变转和合次序,成就文章,谓之音也。音则今之歌曲也。"

由上可见,"感物说"这创作源泉观,在中国古代文论史上不断发展和完善的,也是符合文学创作规律的。

第二节 中国古代文学的创作构思论

构思是文学创作的关键环节,刘勰以为"此盖驭文之首术,谋篇之大端"(《文心雕龙·神思》,以下简称《神思》),对构思奥秘的探索是中国古代创作论中重要组成部分。

一、构思的本质:意象的酝酿

创作构思大体包括两方面的内容:一是对意象的酝酿,二是对意象传达方式的斟酌、思虑。比较起来,古代批评家更重视前者。在中国文学批评史上,最早用意象这个概念来说明创作的是刘勰,他在《文心雕龙·神思》中谓:"独照之匠,窥意象而运斤。"这里的意象即指活跃于作者内心而又尚未形诸笔墨的形象,即章学诚所谓"人心营构之象"(《文史通义·易教》)。说意象的酝酿是构思的本质,包含着两层意思。

(一)它是文学创作的关键一环

"窥意象而运斤"的说法中已经包含了这样的意思:只有当意象在作者心中孕育成熟,才可能产生强烈的表现欲望,进入表达阶段。这层意思在苏轼《文与可画筼笃谷偃竹记》中有着更详尽地说明：故画竹，必先得成竹于胸中，执笔孰视，乃见其所欲画者，急起从之，振笔直遂，以追其所见，如兔起鹘落，少纵则逝矣。画竹而必须"先得成竹于胸"，意思就是说，艺术创作的第一步必须孕育出一个成熟的意象，然后才谈得上艺术表现，即把胸中之竹转化为画中之竹。可见，意象的酝酿对于整个创作过程来说是决定性的，它制约着创作活动的成败。离开了意象的酝酿，就不可能有真正的艺术创作。

（二）成熟的意象是作家由构思进入表达的直接推动力

古代作家从创作实践中体会到，理想的写作境界应是作者兴会淋漓、身不由己地被一股强大力量推着进入写作状态，这就是古人所谓"自古文章，起于无作，兴于自然，感激而成"（《文镜秘府论》）的意思。那么这股推动作家由构思进入表达的力量来自何处呢？答曰：来自成熟的意象。古代文论在谈到写作动力的本原时通常都归结为主体内部的情感激荡，这无疑是正确的。如《乐记》谓："情动于中，故形于声"，刘勰云："情以物迁，辞以情发"（《文心雕龙·物色》），钟嵘云："气之动物，物之感人，故摇荡性情，形诸舞咏"（《诗品序》），等等，这些说法同我们说的写作动力源于成熟意象有没有矛盾呢？答案是否定的。因为所谓意象事实上即包含了情感（意）与形象（象）两个方面，二者合二而一，而以情为主。陆机在论意象的生成过程时就这样描述："情瞳昽而弥鲜，物昭晰而互进"（《文赋》），刘飏亦然："登山则情满于山，观海则意溢于海"，"神用象通，情变所孕，物以貌求，心以理应"（《神思》），都兼指情、物两方面。后来的一些批评家大都沿着陆、刘的思路作了进一步的发挥，其中以章学诚的讲法为最透辟。他以为"人心营构之象"，实即"情之变易为之也"，是"意之所至"的结果（《文史通义·易教》）。这表明在古人的观念中意象并不只是客观物象的简单移入，而是在物象中融铸、渗透着作者的思想感情。[①]

二、构思的方式：直觉与理性

创作构思既然从本质上说是对意象的酝酿，那么我们就可以沿着这个思路来考察另一重大问题，即意象到底是理性的产物，还是直觉的产物，或者说，创作构思究竟是自觉的，还是非理性的。

关于这个问题古代批评家的意见颇不一致。有些人认为文学作品是直觉的产物，"诗有天机，待时而发"（谢榛《四溟诗话》卷二），人力无须参与其间，因此他们主张"每有制作，特寡思功，须其自来，不以力构"（《梁书·萧子显传》）；但也有不少人则持相反的看法，认为创作还须依靠理性，"思积而满，乃有异观，溢出为奇"（方东树《昭昧詹言》卷一）等等，对于这些看来彼此对立的看法该怎么看？我们以为理解古人比简单地判定其是非更为重要和有益。由于古代批评家们的表述常常是经验性，感悟式的，缺乏严密的逻辑体系，因而常易引起一些误解。倘若我们从意象生成的角度来考

---

①李明. 论中国古代文学批评与创作的一体性[J]. 南都学坛，2021，41（04）：43—48.

察这些论述，我们不难发现这些不同的说法都包含着部分真理，都是从不同角度对构思奥秘的探索，各有其理论价值。

如上所述，构思实质上是对意象的酝酿，那么，构思过程也就可按意象的成熟度分为受孕、孕育与成熟三个时期，而在不同的时期内思维的方式和特点是不尽相同的。

意象一经受孕就开始了它的孕育过程。随着创作冲动的发生主体处于高度兴奋状态直觉摆脱了理性的约束，活动相当自由。这主要表现为想象异常活跃，思绪纵横驰骋，"感召无象，变化不穷"（萧子显《南齐书·文学传论》），"精骛八极，心游万仞"，"观古今于须臾，抚四海于一瞬"（《文赋》），"吟咏之间，吐纳珠玉之声；眉睫之前，卷舒风云之色"（《文心雕龙》），一时间万象叠现，"万途竞萌"（《文心雕龙》），完全打破了时空的限制，突破了自身感觉经验的局限，这些丰富、生动的想象似乎都是不费吹灰之力自动浮现于作者脑际的。

总之，在构思过程中，直觉与理性须共同运作，才能最终育成意象。需要指出的是构思中直觉与理性的关系是一个复杂的问题，在很多情况下是互相交融，难分彼此的，就是构思与表达的界限也常常不是像我们在文中所述那样划然分明，我们只是为着论述的清晰起见才将这个过程分解为一个个彼此独立、单纯的环节。

三、虚静：构思的心理条件

构思的发生除了外界提供一定的刺激外，主体的心理条件也是关键的。具备什么样的心态才有可能进入创作的佳境呢？古代构思论认为虚静的心态是保证构思顺利进行的前提。

虚静的思想源于先秦诸子。在老子、庄子、荀子、管子的思想中都有对于虚静的论述。但他们主要是从认识论角度出发的。其基本思想是，人们内心的虚静状态有助于对外物的正确认识。刘勰首先把这个概念引入文学创作，《文心雕龙·神思》谓："是以陶钧文思，贵在虚静，疏瀹五脏，澡雪精神。"指出了虚静的含义就是排除干扰，保持澄净空明的心境，虚静的作用即在酝酿文思，这就揭示了虚静说的基本思想。从现代眼光来看，虚静说中包含着丰富的创作心理学内涵，具体说，可以有这样三层含义。

（一）虚静的状态为构思活动提供了一个最佳心理空间

虚静的要义即在排除干扰，保持心地的空虚、宁静。先秦思想家认为，心虚是接纳万物，认识世界真相的前提。同理，文学创作亦须排除干扰，使胸中廓然无一物，打扫出一个清明的空间，保证创作构思的顺利进行。虚静说提供了两种方法：其一，排除来自外部的干扰，这就是说要暂时中止感官对外界信号的接收。这是因为创作贵在感性，作家兴会淋漓之际构思就比较顺利。其二，排除来自主体内部的干扰，也就是要抑制功利欲望。

（二）虚静状态可以保证作家在构思时专一集中

虚静的另一要义就是心志专一，聚精会神。在荀子那里，虚静更完整的说法是"虚一而静"，他并且解释"一"的含义道："心生而有知，知而有异；异也者，同时兼知之；同时兼知之，两也；然而有所谓一；不以夫一害此一谓之壹"。(《荀子·解蔽》) 这就是说，对认识主体来说，要透彻地认识对象必须将注意力集中于一个特定的目标，不能一心二用同时注意多个对象。当主体排除了内外两方面的干扰之后，就为主体的专一凝神提供了条件。

（三）虚静的状态有利于诱发灵感

灵感是创作得以发生的启动器，没有灵感便不可能有文学创作。古代作家都很重视对灵感的捕捉，他们从自己的创作实践中程度不同地体会到虚静心态较易诱发灵感。例如有些作家发现在夜深人静时写作较易获致灵感。刘昭禹诗云："句向夜深得，心从天外归"。谢榛说他有一次深夜静卧，吟咏诗句，"忽机转文思，而势不可遏"，不经意间灵感袭来，诗思泉涌，由此他发现，"凡作文，静室隐几，冥搜邈然，不期诗思遽生，妙句萌心。"可见，虚静心态是灵感爆发的前夜，因而也就是保证创作顺利进行的前提。这里包含着的丰富的创作心理学内涵是颇值得今人玩味思索的。

第三节　中国古代文学的创作方法论

在中国古代文论中，有关创作方法的论述占有很重要的地位。陆机作《文赋》是自以为得古才士作文之用心；刘勰写《文心雕龙》的目的也是言"为文之用心"。

他们所说的"用心"，正是创作过程中的具体方法，而他们的论著也正是以此为出发点来探讨文学创作的一般规律的。至于文论史上的大量诗话、词话以及戏曲、小说理论的篇章，大都结合某一作家或作品的创作实际而谈，其中就更不乏有关创作方法的真知灼见。①由此看来，古代理论家们十分重视对创作方法理论的探讨，他们探索、总结出的一套创作方法论是整个古代文论的核心部分。

　　清代词论家周济在谈论作词要领时说过一句很好的话："意感偶生，假类毕达"虽是论词，却精要地概括出各种文学体裁的创作所遵循的普遍法则，从认识生活和表现生活两方面说明了中国古代作家所乐于运用的创作方法。它是我们分析古代创作方法理论的一个要点。

　　第一，作者在创作过程中可以"一喉二歌，一手二牍"，注彼写此，皮里阳秋。这样，作者的创作意图，真情实感就可以更曲折地隐藏在艺术形象之后，使作品的主题思想更为深刻，人物性格更为复杂，显示出多层次的特点。

　　第二，作者的真实意图可以与形象的外部特征形成相反的两极。即明褒暗贬或似抑实扬，使作品的主题思想或人物性格在对立中求得统一。显然，这种对创作方法之中的辩证因素的把握是我国古代文论的思辨性的反映

　　第三，作者应当使作品中实象的直接性与虚象的间接性有机地统一在一起。所谓实象就是呈现在读者面前

———————

　　①赵井春.《故事新编》的文类性质、创作方法、意义与文学本体阐释[J].南京师范大学文学院学报，2013（02）：53—59.

的具体形象；所谓虚象就是在具体形象背后的思想内容。作者要把握二者的内在联系，使读者通过实象领悟虚象，得到作品的弦外之音，文外之旨。

将寄托的创作方法理论和中国古代小说的创作实际结合着看，就可以发现它准确地把握了古代作家在创作过程中所体现出的民族心理和创作特征。由于社会环境或时代风习，也由于古老的文学传统和读者的审美趣味，古代小说家们在创作时往往将自己的政治见解、感情倾向暗藏起来，让读者玩味、体察，充分地获得美感享受。他们都鄙弃那种"黄茅白苇，一览而尽，不可咀嚼"的"稗官野乘"，而崇尚那种"有所寓言也"的寄托之作。

这种创作观、审美观正是寄托这一创作方法得以产生、发展的基础，中国古代的创作方法理论，从创作过程中作家"取思"和"取象"的具体手法出发，突出了作家"用心体物"和"将心托物"的重要性，强调了创作过程中表情的作用。从这一点看，"意感偶生，假类毕达"这一理论上的概括是体现了古代文学中创作方法的民族特色的。

研究古代创作方法理论，就应从古代文学作品及文学理论的实际出发，通过细致的考察，找出它的特征，阐发它的体系，保持本民族喜闻乐见的名称，为后世文学创作方法提供一定借鉴。

第三章 语文教育价值研究

第一节 语文教育演变历程概述

从人类诞生开始，教育便相伴发生。但最初的教育活动并不是一项单独的实践活动，只是依附于人类的生产生活而存在，所以又被称为"生活教育"。尽管研究范围按理是除现代高等教育、幼儿教育以外的中小学校语文教育，但小学、初中和高中这种"三段制"学制是近代学习研究后才有的结果。古代学制分为小学和大学两段：小学是蒙养教育，主要是识字与写字、礼仪规范及纲常伦理教育；大学与如今的高等教育也不一样，是区别于蒙童的成人教育，目的是培养符合社会需要的"治国、平天下"的"管理者"。而且，在"学校"作为专门的教育组织机构之前就有了教育事实，所以把这些时段都纳入到了古代中小学语文教育范围内。1902年和1904年，清政府相继颁布《钦定学堂章程》（"壬寅学制"）和《奏定学堂章程》（"癸卯学制"），"初等小学""高等小学"和"中学"这种具有现代意义的三段学制才正式确立，开启了现代中小学语文教育时代。此后，中国社会经历了封建制度瓦解、资产阶级政权新建和列强入侵，致使中小学语文教育时刻在艰难中前行。直到中华人民共和国成立，和平稳定的社会环境和科学发展的时代热情才让当代中小学语文教育迸发出新的"热情"。

一、古代中小学语文教育的演变历程

几千年的古代中小学语文教育既在承袭前代中绵延向前，又有一些标志性的节点让这浩瀚的历史呈现出不同的阶段性特征："学校"成为专门的教育组织机构以后，教育活动便逐步与人类的生产生活区分开来，形成了又一崭新的实践领域；科举取士成为稳定的人才选拔制度以后，以培养社会管理者为目的的古代中小学语文教育便逐渐滋生各种弊端，直至完全沦为考试的附庸。

（一）自发的语文教育活动阶段

在我国尚处于原始农耕社会时期，劳动生产与种族繁衍是人类活动的首要追求。而落后的劳动生产与"稚嫩"的精神萌芽也带来了自发的语文教育活动，只是此时的语文教育活动并没有专门的教育职能机构来承担，只能是发生在田间劳作、渔猎采集、家庭聚会等一切时空、地域场合内的"无组织""无序"活动。几乎只要有传递生产经验与生活技能的需要，就会有语文教育活动的发生。而人类在一切生产劳作时发现的四时变化、气候差异和耕种经验等都汇集成了原始的智慧宝库，为语文教育源源不断地增添新内容。与此同时，"口耳相传"也就成了最及时、最高效的语文教育方式，并且很多时候还伴随教育者的亲身示范，使得"言传"与"身教"形成了这一时期独有的语文教育方法。此外，神奇的人脑在开拓无限的物质领域认识外，也将人类带入了广袤无垠的精神世界，在生产活动之余创造出了既与之独立、又与之紧密联系的意识领域。于是，便有了歌谣、神话、祝词等一系列人类早期的代表性精神产物，而这些来之不易的精神文明成果也随之成为另一项重要的语文教育内容，并在后世语文教育内容中逐渐超越生产生活技能而占据了主导地位，日常的吟唱与传诵也成了新的语文教育方式。

夏、商时期出现了"学校"教育的雏形，但"庠""序""瞽宗"这些教育机构还依附于养老和慈幼机构。《孟子·滕文公上》载："设为庠序学校以教之。庠者，养也。校者，教也。序者，射也。夏曰校，殷曰序，周曰庠"，从这可见集养老与慈幼性质于一体的"学校"教育组织机构在夏、商时就已经出现。夏朝建立起历史上第一个奴隶制王朝，相较蒙昧、落后的原始部族时期，不仅生产力得到了大幅提升，而且社会文明也有了质的飞跃。尊老爱幼风尚下，经验丰富的老人和懵懂无知的孩童生活在一起，自然而然地形成了"教"与"学"的场面。并且，文字的出现使知识经验得以跨时空的恒久保存，也为人类打开了广阔的思维之门并开启了崭新的符号世界。而对语文教育来说，文字既是新的教育内容，也成了新的教育方式，使及时性的"口耳相传"得以发展到了"间接性"的知识传递。到了商代，进入到青铜文明的鼎盛阶段，日益明显的社会分工让文化事业的从业者与体力劳动者区别开来，而他们也逐步成了学校语文教育的领导者和推动者。同时，百工兴盛的局面让生产工艺教学成为语文教育的一部分，成熟的甲骨文系统更是让文字从此再难与语文教育分离。此外，在奴隶制体系下，社会规范的加强也让伦理道德教育、礼乐教育等进入了语文教育内容中。

（二）专门的学校语文教育形成

西周时，统一的王朝走向盛大，并形成了以分封制和宗法制为保障的完善的社会制度体系。专门的学校教育也在此基础上形成，建立起了完备的王都国学和地方乡学系统。等级森严的奴隶制社会下，教育是贵族阶层的专属特权，于是"学在官府""官师合一"与"政教合一"成为典型的教育方式。而为了以道德教化来稳固政治统治，"诗""书""礼""乐"被列为"四教"，成了贵族国学教育中重要的四个方面；"射""御""礼""乐""书""数"作为"六艺"，成了基本的教育内容；语文教育就渗透在"六艺"的各科当中，尤其在作为道德教化和伦理规范的"礼教"、包含诗歌教育的"乐教"和识字、写字教育的"书教"中最为明显。同时，这种有意把各种知识经验分门别类教授的做法也被看作是我国课程意识的开端。此外，学校选士也成了人才选拔方式之一，尽管在世卿世禄之下还受制于"周礼"严格的等级观念，但育才与选官相衔接的思想在这里萌芽并直接影响到了后世的语文教育目的。

随着分封制瓦解、新兴地主阶级崛起，诸侯国在"各自为教"中寻求"各自为政"的途径。动乱中的士阶层散落民间造成了学术下移，也导致私学纷纷兴起，奠定了此后长期官学与私学并举的学校教育组织形式。在

"为国求出路，为己求前途"中，春秋战国时期的诸子百家各持己见，纷纷游说讲学，最终形成了"百家争鸣"的盛况。其中具有代表性的有被称作逻辑教育家的墨子，因为论辩散文从他这里发端；也有被称作政论教育家的孟子，因为"仁政""民本"思想从他这里流传；还有被称作传经大师的荀子，因为他前后约20年担任齐国高等学府——"稷下学宫"的学术首领。然而，最能代表此时古代语文教育成果的是还要属儒家学派的创始人、私学的首创者——孔子，他以有教无类作为招生标准，最后取得了"弟子三千"的宏大办学成果：在教育内容上，他重新删编整理了"六经"——"诗""书""礼""易""乐""春秋"作为基本教材，并以"四教"——"言语""德行""政事""文学"为基本教学内容，而其中最能体现其语文教育思想的便是诗教和言语教育；在教育方法上，他主张"不愤不启，不悱不发"的启发式教学观、"学而不思则罔，思而不学则殆"的学思并重法以及"循序渐进法"和"因材施教法"等高效的教学方法。

秦灭六国以结束诸侯分裂，建立起了我国历史上第一个中央集权的封建制国家，并采用一系列文教政策来加强集权统治。而这些对古代语文教育的影响不容小觑，法家著作和律令文书成为语文教育内容；以简化字体小篆编写的《仓颉篇》《博学篇》和《爱历篇》成为识字与写字教学的蒙学课本。到了汉代，经过初期的休养生息后迎来恢弘的西汉盛世，而且汉代活跃的儒学内部也分化出了今文经学与古文经学，为解经读经而生的"小学"——"文字""音韵""训诂"随着经学教育进入到语文教育内容中，其中以许慎的《说文解字》和杨雄的《方言》为代表。而当时的最高学府太学是封建官立大学的开端，由德才兼备、博古通今的博士担任教师，以经师讲学和生生互教的方式为主。此外，汉赋也作为时代文学特色悄然进入到语文教育中，以"文学""明经"作为察举取士的科目进一步改变着古代人才选拔方式，加速影响着后世语文教育目的。

汉末在动荡中形成了以曹操、刘备和孙权鼎力并存的三股强势力，学校教育在凋敝的政治、经济环境下时兴时废。曹魏因地处中原而整体发展水平较高，对汉代教育的继承也最为完整，在魏文帝时就创立了三国中最早的太学和地方学校。并且，"三曹"在文学上的造诣也为语文教育增添了新内容，曹操的古直悲凉、曹丕的婵娟婉约和曹植的文采气骨兼备成就了"建安风骨"这一诗歌典范。到魏晋南北朝时，百年未休的战乱已让儒学饱受质疑，虽然仍是封建统治者的根本治国理论，但社会已转向老庄玄学和新进佛学寻求出路，使儒学独尊地位受到撼动的同时也出现了新的语文教育内容。社会动乱难以维系官学体系，加之门阀士族垄断政治特权与教育特权，私学在继春秋战国后迎来了另一个昌盛时期。文学在摆脱经学附庸后进入蓬勃发展的自觉时代：诗歌上，有陶渊明、谢灵运开创田园诗与山水诗，还有格律严整的永明体奠定七律的雏形；辞赋上，王粲《登楼赋》、鲍照《芜城赋》等抒情小赋超越铺陈堆砌的汉赋流行开来；散文中，则有诸葛亮《出师表》、李密《陈情表》等不朽名篇。此外，还有《孔雀东南飞》《木兰诗》

等民歌从这里传诵千古，有志人、志怪小说在这里出现。不仅文学上的累累硕果直接丰富了语文教育内容，而且以王羲之为代表的书法家也推动着后世书法教育的发展。至于语文教育研究，则有萧统的《昭明文选》开文选型语文教材先河，颜之推在《颜氏家训》中总结出精读、博览、多问等高效的读书方法。①

（三）科举制施行后的语文教育

相较于魏晋时期的九品中正制来说，被举孝廉、秀才还必须通过"试经""试策"考试的察举制正是科举制的滥觞。北朝时就已经初步把孝廉、秀才发展成了独立的考试科目，但直到隋炀帝时才正式实行科举考试制度，使古代语文教育至此与科举取士密不可分，应试逐渐成为语文教育的重要目的。隋唐是古代封建社会逐步达到鼎盛的时期，儒学在重文教、以文兴国的国策下得到重振，孔颖达编撰的《五经正义》作为"五经"定本成为一大标准的语文教科书就是例证。在和平时期完备的官学与战乱中兴盛的私学体系外，还出现了"集贤殿书院"这种集"政府修书"和"聚徒设教"职能于一体的官立书院，以及"白鹿洞书院"这种私人为著书讲学所建的私立书院，开创了崭新的学校教育组织形式。隋朝建立的科举制度在唐代得到了完善与施行，除"秀才科""明经科""进士科""明法科""明书科"和"明算科"这六门常设科目外，还有非常设科目和特设科目。而最受士子所驱逐的"明经科"和"进士科"不仅逐步加强了儒

---

① 林志芳，潘庆玉. 中小学语文课程中革命文化教育的价值澄清与实践路径[J]. 课程. 教材. 教法，2020，40（05）：99—105.

家经典在语文教育中不可撼动的地位，还推动了诗赋教育成为语文教育的一项必备内容。此外，还有反对骈文，主张学写秦汉散文的古文家们以自己的亲身创作实践和古文教学活动为此时的语文教育注入新内容，其中以韩愈和柳宗元最为著名。

宋元之际是盛唐之后又一经济、文化繁荣的历史时期，学术思想活跃、科学技术发达，也迎来了古代语文教育的新成就。首先，宋初历经范仲淹、王安石和蔡京三任宰相的兴学后，中央太学、国子监和地方学校构成了完整的官学系统，而集官学与私学、教学与行政于一身的书院此时也成了独立的教育组织形式。其次，"尊孔崇儒"的文教政策下依旧继续强化着经学教育，《五经正义》的基础上又增添了《周礼》《仪礼》《公羊传》《谷梁传》等"经学"的"正义"，"九经"之后又发展到了"十三经"作为"国定"教材，使语文教育内容得到了空前丰富。此外，这时期出现的《三字经》《百家姓》与由南北朝而来的《千字文》一起铸就了古代语文教育蒙学教材的高峰，而因增设考试科目、加强公平竞争原则以日臻完善的科举考试制度也同时影响着古代语文教育的发展。最后，在语文教育研究成果上，有胡瑗在教育实践中开创"苏湖教法"，张载在《正蒙》中总结出"蒙以养正"的教育思想，还有理学家程颐、程颢等通过亲身教学实践对古代语文教育事业贡献力量，朱熹《朱子读书法》中的循序渐进、熟读精思等观点为后世语文教育提供指导。到少数民族建立封建统一王朝的元代，尽管在重视武备统治下文化教育成果不如从前，但还是在推行汉化、兴学重教中继续承袭前代教育制度，在民族融合的时代中培养了大批才华出众的各族知识分子，也诞生了像程端礼这样的教育家，他的《程氏家塾读书分年日程》总结了读经程序、作文程序和明辨音义之法，虽是他个人的语文教育研究成果，却也一度成为儒学后学者的学习准绳。

明代处于封建社会后期，专制主义中央集权发展到了顶峰。尽管统治者无不重视儒家思想的教化作用，初期就兴办了国子监、府学、州学、县学等各级学校以形成完备的教育体系，并把程朱理学作为学校教育的法定内容，但一味解释前人著述而缺乏创新的僵化理学也催生了新思潮的诞生。明中期之后，以王阳明为代表的"心学"思想发展起来，逐步占据了官学之外的大片私学、书院教育领地。而只设"进士科"，并严格以"四书五经"为考试内容，以朱熹的《四书章句集注》为答案范本，以"四书义""五经义"作为规定作文内容的科举制在这一时期已经无可遏制地走向了衰落；读书人皓首穷经只为做官，科举彻底沦为经学的附庸、考试的附庸，八股成风、考场作弊也进一步使古代语文教育沦落到空疏无义。到清代，虽然还试图延续前代教育体系，但把入朝为官作为语文教育目的则在继续强化以考试论人才的同时，也弱化了古代语文教育本有的"教化"内涵；读书人完全抛弃了前贤"修己治人"的学习宗旨，转身研习"八股"以求通过科举，最终致使古代语文教育走向没落。清中期以后，鸦片战争使中国国门被迫打开，"西学东渐"成为一股不可阻挡的时代洪流，"洋务运动"

中引入的实学教育进一步冲击传统经学，而康梁"维新派"更是主张"废八股、变科举"，古代语文教育实在难以存续。此外，在农民运动建立短暂政权的"太平天国"时期，推行广大民众所能理解的白话文、简化汉字、使用标点等做法也蕴藏了一场因语言文字变革而引发的语文教育转变。而后第一部现代汉语语法著作《马氏文通》出版，诗界、文学界和小说界展开浩浩荡荡的"三界革命"，中国语言文字在现代语言学家和文学家的推动下呈现出全新面貌，而中小学语文教育内容和教育方式也发生着相应改变。

二、现代中小学语文教育的演变历程

复杂的社会环境使现代中小学语文教育不可避免地深受影响，但却仍然留下了一条独立的发展轨迹。它始于从集经、史、哲等于一体的古代独语文教育中独立设科，在"三段制"现代学校教育制度的正式确立下与传统语文教育分界；而后进入语文课程标准时代，让中小学语文教育从此有了纲领性的指导文件；中华人民共和国成立以后，百废待兴的中小学语文教育在大胆尝试与谨慎反思中前行。

（一）语文教育正式独立设科

坚船利炮打开清政府紧闭的国门后，掀起了一场向西方学习的潮流，试图以改革教育来挽救危亡的封建统治随之提上日程。从太平天国时期容闳首先倡议建立近代学制以来，到40多年酝酿后科举制度终于在1902《钦定学堂章程》（"壬寅学制"）和1904《奏定学堂章程》

（"癸卯学制"）的相继颁发后正式废除，现代学堂从此兴起；由初等小学堂、高等小学堂和中等学堂为一体的"三段制"现代学制正式建立。具有现代中小学语文课程性质的课程门类有讲经读经、中国文字和中国文学，与修身、外国语、历史、地理、算学等共同构成现代学校课程体系。此时的语文教学内容主要有：一是"四书五经"节选构成的经学教学，二是从动字、静字、虚字、实字之分的现代语法视角出发下的汉字习用教学，三是借助诗歌、散文、历代文集等进行的"文义""文法"和"作文"教学。在以传统作为主要语文教学方法之外，还出现了诸如由语言学家王筠通过汉字研究而编撰的《文字蒙求》和《教童子法》之类的探求蒙学教育规律的著作，同时还有大批民间学者对中小学语文教学方法非常关注。而文字通俗、取材日常生活并关注儿童学习兴趣的系列"蒙学课本"则代表了这一阶段中小学语文教材研究的最高成就。但总体而言，此时仍以"礼教"为核心的中小学语文教育依旧致力于为封建旧统治培育人才，而这显然已经落后于时代需求。

1912~1913年间颁布的一系列教育法令法规被统称为"壬子癸丑学制"，它确立了此后民国年间的基本教育体系。此外，中国现代语言学研究成果也在悄然改变着现代中小学语文教育；简化汉字、限定通俗字、统一读音、推广口语化的现代白话文、采用标点符号等语言变革措施既以中小学语文教育为重要实施阵地，也为中小学语文教育增添了新的教育内容，催生了新的教学方法。

（二）中华人民共和国成立后的发展

从中华人民共和国在第一次全国中等教育会上提出语言和文学分科教学的设想后，到1954年中央政治局扩大会议正式批准该决定，采用"汉语"和"文学"分科教学的现代中小学语文教育迎来了崭新的发展形式。1955～1956年教育部陆续颁布《初级中学文学教学大纲》（草案）、《初级中学汉语教学大纲》（草案）和《高级中学文学教学大纲》（草案），并紧接着编写了配套的语文教材；根据《暂拟汉语教学语法系统》编写了《初级中学汉语课本》共6册，分别以语音、文字、词汇、语法、标点符号和修辞为内容；初中6册文学课本分别按思想内容、文学史和文学体裁编排；高中一、二年级的文学课本选入了自诗经到"五四"时期的文学作品，按文学史分期进行课文编排。分科教学下，现代中小学语文教育试图将汉语教育提升到与文学教育并重的地位，也是我国中小学语文教育中语言工具认识论的开端。先是1959年《文汇报》开辟了"关于语文教学目的讨论"专栏；再是1961年"怎样教好语文课"的讨论中对语文学科性质、语文知识教学和政治教育的关系以及语文教学规律和教学方法做了深入分析；继而《文汇报》又开展了"如何指导和评价学生作文"的讨论，《安徽教育》和《山东教育》展开了关于考试问题的讨论。各种主要讨论成果以1963年《全日制中小学语文教学大纲》（草案）的颁布确定了下来；《大纲》明确了语文的"工具性"特征，强调通过基本训练提升学生的语言能力，将基础知识作为一项与"课文""作文"并重的教学内容。而此时的语文教育研究领域则依旧是依靠叶圣陶、吕叔湘和张志公为代表的语文教育家们在推动前行。

三、当代中小学语文教育的基本状况

初期，当代中小学语文教育在热烈的教学改革、如火如荼的语文教育研究中迎来了一派繁荣盛况；步入21世纪以后，当代中小学语文教育在新课程改革全面实施下发展至今。

（一）急速发展的语文教育

对内改革、对外开放的历史时期，中小学语文教育也进入到改革创新和全面发展阶段。1978年吕叔湘在《人民日报》上发表了《当前语文教学中的两个迫切问题》，指出"10年的时间，2700多课时，用来学本国语文，却是大多数不过关，岂非咄咄怪事"，严厉批评了语文教学用时长、效率低的问题。随后引发了人民教育出版社对各地中小学生语文基础知识的调查，但结果都不令人满意。为了提高中小学语文教育质量，一系列教育改革、教育试验纷纷展开：一是大批名师自觉地在教学实践中着力改革，由于漪从语文的情感性特征出发而建立的"情感教学"，钱梦龙的"三主四式语文导读法"（"三主"：学生为主体、教师为主导、训练为主线；"四式"：自读课、教读课、作业课和复读课），刘朏朏和高原创立的"作文三级训练体系"（观察、分析、表达）等；二是语文教育研究阵地和专门团体逐渐形成，《中国语文》《语文学习》《中学语文教学》《语文教学通讯》和《北京文学》等一大批语文教育报刊、语文教育杂志相继

创办；中学语文教学研究会、语文教学法研究会等全国性语文教育研究学术团体以及众多地方区域性语文教育研究组织接连成立。此外，在中小学学制建设上，针对地区差异确立了"六年制"和"五年制"的不同形式，也相应颁发了不同的"教学大纲"并编写了不同的"语文课本"。在语文教材研究上，"分编型"与"合编型"的中学语文实验课本是人民教育出版社在此阶段的一次探索；初中课本分成《阅读》和《写作》各6册，后将《写作》改为《作文·汉语》；高中课本分《写作和说话》与《阅读》两种，《阅读》又按年级编制成《文言读本》《现代文选读》《文学读本》《文化读本》和《文化著作选读》。

1985年，党中央召开全国教育工作会议后颁发了《中共中央关于教育体制改革的决定》，次年又颁布《中华人民共和国义务教育法》，现代中小学语文教育被置于新的社会教育体制下。在语文课程建设领域，为了与"义务教育法"相适应，1988年《义务教育全日制小学、初级中学教学计划》（试行草案）针对当时中小学的"六·三制""五·四制"和"九年一贯制"分别作出了不同的教学规划，随后又制定出了不同的"教学大纲"编订了不同的"语文教材"。在语文教材建设领域，1986年9月，国家教委成立了全国中小学教材审定委员会，从此由"编审合一"变为"编审分开"，地方性教材改革试验成果也能取得国家教育行政部门的认可，中小学语文教材编写由"一纲一本"的"国定制"转变为"多纲多本"的"审定制"，除人教版中小学语文课本外，还有北师大张鸿苓主编的"四年制初中语文课本"、徐中玉和徐振维主编的"上海市H版初中语文课本"、姚麟园主编的"上海市S版初中语文课本"等代表性地方性语文教材。

在语文教育理论研究领域，一是对朱自清、叶圣陶、夏丏尊、陈望道和吕叔湘等语文教育家的理论进行整理编辑，《叶圣陶语文教育论集》《陈望道语文教育论集》和《朱自清全集》等著作相继出版；二是吸收国外心理学、教育学理论成果，在译介中发展自己的理论体系；三是从优秀教师的教学艺术、教学风格中总结规律并上升到理论高度；四是一批学者试图在大学建立包括语文教学论、语文教学法、语文教育心理学、语文教育史和语文教育技术等在内的"语文教育学"学科，张隆华、朱绍禹、陈学法等语文教育家们都先后编撰过各种《语文教育学》论著。总之，这一时期的中小学语文课程、中小学语文教学和中小学语文研究都在总结历史经验教训后朝着科学理性的方向迈进，1992年颁布的《九年义务教育全日制中小学语文教学大纲》（试用）就是与我国的义务教育体系和中小学语文教育研究进展相对应的成果体现。

（二）新课程改革全面实施

20世纪末，国务院就批准了教育部提出的《面向21世纪教育振兴行动计划》，紧接着又颁布了《关于深化教育改革全面推进素质教育的决定》和《国务院关于基础教育改革与发展的决定》，而新课程改革背景下的当代语文教育也有了新面貌。首先，2001年6月，教育部印发了《基础教育课程改革纲要》（试行），提出本轮课程改革的总目标是全面推进素质教育，具体涉及了课程内容、课程机构、课程实施、课程评价和课程管理等各个方面。继而，2001年7月《全日制义务教育语文课程标准》（实验稿）颁布，以"课程标准"而非"教学大纲"的形式呈现，既标志着语文课程意识的回归，也为语文课程改革提供了全新的指导文件。其主要特点在于，一是认定工具性和人文性统一是语文课程的基本特点，结束了持续已久的"工具性"和"人文性"之争；二是对课程目标做了九年一贯的整体设计，在总目下分设四个阶段性目标；三是附有优秀诗文背诵篇目建议、课外读物建议和语法修辞知识要点。而在高中语文课程改革方面，教育部在2003年3月颁布了《普通高中课程改革方案》（实验），4月颁发了《普通高中语文课程标准》（实验）。新的高中语文课程标准在内容上与以往的区别是：一是继续确认工具性和人文性统一是语文课程的基本特点；二是提出了积累·整合、感受·鉴赏、思考·领悟、应用·拓展和发现·创新五个方面的课程目标；三是建立了必修和选修两种课程类型于一体的语文课程结构。此外，21世纪的语文新课程改革还提出了自主、合作、探究和全面发展等新理念，采用先从地区试验再逐步推向全国的方式进行。在此后的语文教材编写上，语文教育研究者们编写出了系列实验教材以配合语文新课改的实施，一时之间在全国范围使用的小学语文教材多达12套，初中、高中语文教材共有7套。造成这种"多纲多本"的原因就在于新课改下实行了新的国家课程管理模式，国家在制定具有全国指导意义的"课程标准"外，也将课程开发权下放到了地方，各地区可以根据地方实际情况制定本区域内的语文课程标准、编撰语文教材并推行地方语文课程。但这一做法又随着2016年由教育部组织编写、人民教育出版社出版的"部编本"中小学语文教材问世而告终，新的"部编本"语文教材先从部分省市试用，到2018年已经成为全国统一使用的语文教科书。

伴随新课程改革如火如荼地展开，当代中小学语文研究领域也在不断拓宽：一是大批语文教育专家对语文教育史展开了梳理，其中以王松泉、王柏勋、王静义主编的《中国语文教育史简编》，李杏保、顾黄初的《中国现代语文教育史》，张隆华的《中国古代语文教育史》，谢保国的《中国古代语文教育史稿》等为代表；二是从最初的"国文"和"国语"教授法、教学法、教材法研究，发展到了语文教材教法、语文教学法、语文教学论和语文教育学研究，最终在新课程改革中形成了"语文课程与教学论"研究，代表成果有王荣生的《语文科课程论基础》，倪文锦、欧阳汝颖的《语文教育展望》和王文彦的《语文教育课程论》等；三是针对语文课程性质研究，出版了有李海林的《语文言意论》、王尚文的《语感论》和李维鼎的《语文言意论》等著作；四是在语文教学研究上，有洪镇涛在"语感教学"实践中总结理论和经验，还有各地区、各学校展开的"校本语文课程"试验等研究活动。

此外，新课程改革下的中小学语文教育也在朝着与生活联系更紧密的"大语文"方向发展，语文课程形态更加多样化，语文教学方法也随着多媒体信息技术的应用而丰富。到2011年，正式的《义务语文课程标准》颁布，既对过去十年的语文课程改革给予了认可，也对"实验稿"中的不足做了调整和补充，如附录中增加了"常用字表"，将"课程目标"调整为"课程目标与内容"等。而新的高中课程标准修订工作从2013年启动，修订内容关乎优化课程结构，建立必修、选修、选择性必修三种不同类别的课程，明确各类课程的功能定位，在此背景下的2017年"核心素养"版《普通高中语文课程标准》颁布，其主要特点有：一是坚定工具性与人文性是语文课程的基本特点；二是凝练了"语言建构与运用""思维发展与提升""审美鉴赏与创造"和"文化传承与理解"四个方面的"语文核心素养"；三是以"整本书阅读与探讨""当代文化参与""跨媒介阅读与交流"等18个"学习任务群"构筑高中语文课程内容。这是新课程改革在当下的最新成果。

相较于现代中小学语文教育而言，和平稳定的国内外环境无疑是为发展带来了便利，但也并非一帆风顺，工具理性主义一直被视为当代中小学语文教育发展的科学道路，但过度偏重基础知识与基本能力训练又让其失去了生机与活力，语言文字成了毫无情感意蕴的枯燥符号、学生成了学习知识和应付考试的工具；而当人们逐渐发现工具主义的弊端，转而向人文主义寻求出路的时候，也就慢慢将语文的"工具性"和"人文性"特征在反复争论中确定了下来。此外，在中小学语文课程理论建设上，不仅慢慢找回了丢失的理论根基，而且还开始走向了自觉的课程建构。21世纪初，一统中小学语文教育近半个世纪之久的"语文教学大纲"重新调整为"课程标准"，这既是科技、文化日新月异下的时代要求，也是世界学术理论交流的成果；如果说2001年以来的语文新课程改革最初只是为了融入世界课程改革潮流的话，那么到2017年"核心素养"版《普通高中语文课程标准》颁布时，则标志着当代语文教育课程改革正在走向自主探索。总之，这一时期的中小学语文教育增添了更多的理性自觉意识，在反思与交流中成长，以注重科学理性的工具主义和强调人文素养的人文性并重为共同价值取向。

第二节　语文教育评价标准

中小学语文教育的教学活动领域、课程活动领域和研究活动领域各具特点又紧密联系；语文教学活动是语文课程实施的重要环节，也是进行语文课程建构与开发的必经之路；语文研究的内容也多来自对语文教学活动和语文课程活动的思考。因而这三个活动领域仅是根据其不同性质特点进行的逻辑层面区分，并不能在事实层面将其割裂成彼此完全独立的几个部分。建立中小学语文教育评价标准是为了实现对中小学语文教育价值关系的正确认识，鉴于中小学语文教育活动构成的复杂性，从中小学语文研究评价标准、中小学语文课程评价标准和中小学语文教学评价标准这三个方面来建立系统的中小学语文教育评价体系。

一、中小学语文研究评价标准

中小学语文研究成果直接影响并指导中小学语文教学活动和中小学语文课程活动，因而建立中小学语文研究评价标准至关重要。教育评价从评价对象、评价手段、评价者等不同角度形成不同的评价标准，因而中小学语文研究评价的类型主要有：按照评价主体的不同可分为研究者的自我评价、同行专家评价和行政部门的评审性评价；按照评价发生时间的先后顺序可分为诊断性评价、形成性评价和终结性评价；按照评价手段的不同可分为定性评价和定量评价。所以要确立可靠的中小学语文研究评价标准，首先要确立科学合理的评价角度。从研究过程和研究结果分别建立中小学语文研究评价标准。

（一）中小学语文研究过程评价标准

1. 研究目的确立

确立研究目的是开启中小学语文研究活动的第一步，而对研究目的的评价也就成了中小学语文研究过程评价的首要标准。研究目的一经确定，就指引着研究活动的发展方向，指向最终的研究结果。要确保中小学语文教育研究活动是有用的、有价值的研究，在确立研究目的时必须满足以下具体标准：一是以符合中小学语文教育理论需要为前提；二是以符合中小学语文教育实践需求为标准。首先，因为根据研究目的的不同，可将中小学语文研究分为基本理论研究和实践应用研究。中小学语文教育基本理论研究的目的在于给中小学语文教育提供哲学理论基础，揭示中小学语文教育的本质、功能、目的和规律等基本问题，从提升认识维度的层面推动中小学语文研究的发展，而不是直接作用于中小学语文教育实践活动；中小学语文教育的实践应用研究是中小学语文教育基本理论研究的延伸，是为了解决中小学语文教育实践活动中的现实问题，是直接指向特定的中小学语文教育实践领域的。总之，有价值的中小学语文研究必须是为人们所需要的研究，其研究目的的确立也必须符合理论需要和现实需要。然而，从中小学语文教育演进历程中的研究实际来看，来自语文教育实践的需要是展开中小学语文研究活动的基础，因而也是确立中小学语文研究目的的首要标准。

2. 研究内容选择

选择研究内容也是展开中小学语文研究活动的必要基础，因而研究内容的选择是否合理就是中小学语文研究过程评价的第二条标准。要确保中小学语文研究活动是可实施的，具备展开研究的可行性，其研究内容必须满足以下条件：一是研究内容的选择必须具备客观现实基础，二是研究内容的选择必须具备主观研究条件。首先，客观现实基础包括两个层面。一是要有客观事实依据，因为"客观事实是进行语文教育研究的实践基础"，所以中小学语文研究内容必须要有事实依据，即来源于中小学语文实践活动而非空想出来的；二是要有客观的理论支撑，"科学理论是进行语文教育研究的理论基础"，因而中小学语文研究内容的选择要切合当时的理论背景，与科学理论发展的程度协调一致。比如选择汉字教学作为中小学语文教育研究内容则不仅要看在中小学语文教学活动中是否出现了汉字教学问题，还要看是否有为汉字教学提供理论支撑的语言学理论、心理学理论等；选择阅读教学作为中小学语文教育研究内容则不仅要看在中小学语文教学活动中出现了哪些具体的阅读教学问题，还要看是否有完备的阅读理论、文章理论等保障研究活动进行的理论条件。然后，主观研究条件也包括两个层面。一是要符合个人研究能力、研究水平，因为中小学语文研究者的研究实力是保障研究活动进行的重要条件。语文研究能力包括从纷繁复杂的中小学语文教育活动中抓住具有研究价值的问题的能力，以及在研究过程中已经储备下的理论思维能力、逻辑分析能力、动手实践能力等，而每个研究者的研究能力又必定参差不齐，因此要确保研究的可行性必须要以研究者的研究能力作为选择研究内容的标准。二是要符合研究者的研究志趣和研究动机。心理倾向因素往往是中小学语文研究评价中所忽视的，但古有孔子言"知之者不如好之者，好之者不如乐之者"，近有皮亚杰等心理学家提供的动机理论，而中小学语文研究活动是与人的研究志趣和研究动机分不开的。

3. 研究方法使用

没有不使用研究方法的语文研究活动，并且研究方法的使用决定了研究过程展开的具体方式，所以我们把研究方法使用作为中小学语文研究过程评价的第三条标准。一方面，在中小学语文教育研究活动中所采用的研究方法本身要有科学的方法论根基。古代语文教育多讲体悟的研究方法，现代中小学语文教育进入到学习外来研究方法的历史时期。但对各种语文教育研究方法是否具备深厚的理论根基必须予以深思；在古希腊时期，教育研究包含在哲学研究之中，这也导致了此后教育研究方法长期与固定的哲学流派相对应，于是以古典哲学为理论基础形成了感受观察、直觉分析、归纳与演绎等教育研究方法，在实证主义哲学指导下出现了系统观察、实验、测量和统计等教育研究方法；直到17世纪时，教育研究从哲学中分离并发展成为一门独立的学科，物理、生物和数学等自然科学的研究方法被引入到教育研究中，突破了教育研究被包含在哲学中且完全依靠哲学研究方法的局限；等发展到当代教育科学时，因为哲学与教育科学的研究对象都是"人与世界"，所以哲学处在教育研究方法论体系最高层的地位也逐步被确认，而哲学内部的分化又推动人们超越了"依附"和"独立"的两极式认识，转而进入探讨教育研究方法与各种哲学派别间多种形式的内在关系。教育研究方法论自身经历了复杂的历史演变，也只有那些经受住了历史验证的教育研究方法才是科学可靠的，所以以此指导下的中小学语文研究也必须从理论根基上确保其使用方法的科学性。另一方面，在中小学语文研究中所采用的研究方法还必须与研究目的和研究内容相适应。从现代中小学语文教育研究引进国外研究方法开始，到正处于当代中小学语文教育发展中的今天，已经有了包括文献研究法、实验研究法、调查研究法、案例研究法、叙事研究法、历史研究法、比较研究法和行动研究法等在内的众多成熟的研究方法。

然而，各种语文研究方法的选用是否符合相应的研究目的和研究内容仍是问题。比如要研究中小学生的识字水平，则必须选用调查法来了解学生的实际识字能力；要研究不同教学方法的教学效果，则需要使用比较研究法来进行研究。

（二）中小学语文研究结果评价标准

1. 深化基础理论认识

"一般认为，教育研究成果表现为两种基本类型，一种是理论性研究成果，另一种是应用性研究成果，"因而对中小学语文研究结果的评价也应从这两个方面分别确立评价标准。对理论性语文研究成果而言，其评价标准就应该是能够深化基础理论认识。具体表现在两方面：一是能够通过语文研究具有创新性发现并能形成新的理论思想。比如在语文教育理论体系的建构过程中，经历了"教授法""教学法""教材教法""教育学"和"教学论"等不同的研究阶段，直到21世纪逐步开辟了既包括语文课程又包含语文教学和语文教材等研究内容在内的"语文课程与教学论"研究，这是中小学语文教育基础理论体系的一次创新与转变，中小学语文研究的范围被重新确定。再比如在"基础教育课程改革"以来的素质教育蓝图下，中小学语文教育也相应承担了提高"国民素质"的重要任务，随之"全面提高学生的语文素养"被《义务教育语文课程标准》和《普通高中语文课程标准》写入了"课程基本理念"，成了中小学语文课程设计的基本立足点。之后的十几年的时间里，"语文素养"虽然经常出现在语文教育专家和语文教师口中，但却只能凭借个人揣摩来理解，始终没有统一明确的内涵。直到2017年版《普通高中语文课程标准》才正式凝练出了"语言建构与运用""思维发展与提升""审美鉴赏与创造"和"文化传承与理解"四大具体的"语文核心素养"。而这一过程正是"语文素养"理论的突破与创新。二是能够通过语文研究对"旧理论"予以反思性重构。比如语文性质研究自"语文"得名之后就开始了，并且不断受到社会主流思潮的影响。继而在对语言形式的认识中又形成了语言"工具性"观点，在对语言文字的内容思考中又形成了"人文性"观点。直到2001年《义务教育语文课程标准》（实验稿）正式提出"工具性和人文性的统一是语文课程的基本特点"，并经过此后语文课程标准的不断确认，才算是在半个世纪的反思与探讨中得出了语文课程性质的主要特点。①

2. 指导语文教育实践

对应用性中小学语文研究成果而言，其评价标准是必须能够指导语文实践应用。可以具体表现为能应用于中小学语文课程活动领域、中小学语文教学活动领域和中小学语文研究活动领域。因为中小学语文应用性研究的目的就是为了解决中小学语文实践问题，而复杂的中小学语文实践活动又决定了一切应用性研究成果都不可能像中小学语文理论性研究那样对中小学语文教育具有普适性的指导作用，所以只能是指导某一具体活动领域的具体问题。与此同时，也必须认识到"在一项实际的

---

①段双全，倪浓水，杨树果. 基础教育写作理论教学的三个评价标准——语文名师写作教学评价标准探究之一[J]. 写作，2016（03）：30—34+56.

语文教育研究中，基础理论研究成果与应用性研究成果往往是兼而有之"。并且，"语文教育基础理论研究与语文教育应用研究的划分也是相对的，它们常表现为互相补充，基础理论研究提供解决问题的基础理论，应用研究提供事实材料支持和完善理论"。所以对语文应用性研究成果的评价可以是对一项单独语文应用研究的评价，也可以是对一项复杂语文研究中的应用性成果部分的评价。比如中小学语文知识研究的历程就既呈现出了基本理论研究的内容，又有应用性研究的部分。语文知识的基本理论研究解决为什么要把语文知识纳入语文课程内容的组成中，语文知识的应用性研究解决什么样的语文知识属于语文学科知识的范畴。从《奏定学堂章程》（"癸卯学制"）在"中国文字"中提出了动字、静字、虚字和实字等语言知识的学习程度要求，到逐步确立语法、修辞、逻辑以及文学常识等作为语文知识，再到知识分类理论下的语文程序性知识、语文陈述性知识和语文策略性知识建构，语文知识研究的系列成果既拓展了语文知识的基础理论，也能应用到语文课程领域、语文教学领域和语文研究领域，指导语文课程内容中的语文知识建构，指导语文教学过程中的语文知识教学，推动语文知识研究的未来发展。

二、中小学语文课程评价标准

中小学语文课程活动包括课程开发、课程实施和课程评价等环节。"课程开发"是20世纪早期从"课程编制"和"课程建设"发展而来的，有时也与"课程设计"通用，意在强调"课程活动不再仅是国家政府、课程专家和教育学者的权威性工作，而是社会各方面共同合作的事业"。我国发展到20世纪后期，现代课程观和建构主义课程观认为课程设计不是事先存在的，而是通过学校、学科专家、教师和学生等社会全体通过辩论、沟通后彼此建构、不断生成的，于是"课程理解"又应运而生。而我国的中小学语文课程自独立设科开始就一直保持着"课程编制"模式，要想突破局限就必须首先转入"语文课程开发"时代，然后逐步走向"语文课程理解"的高度。并且又因为"教学是课程实施的主要途径，占据着课程实施的核心地位"，同时也是一项单独的语文教育活动，所以把除中小学语文教学外的中小学语文课程实施和中小学语文课程开发作为中小学语文课程评价的具体对象，而中小学语文课程开发评价又包括对课程目标开发和课程内容开发的评价，中小学语文课程实施评价则包括对课程标准编订和语文教材编写的评价。

（一）中小学语文课程开发评价标准

1. 课程目标开发

拉尔夫·泰勒认为教育的本来课题就是要在学生的行为中引起重要的变化，教育目标有两个基本功能侧面："一是学生中应当发展的行为的种类，二是表明这种行为所赖以实现的教育内容领域。"而在布鲁姆的目标分类体系中，认知领域、情意领域和动作技能领域组成了教育目标的三大领域，我国的中小学语文课程目标就是采用布鲁姆的研究成果才形成了"知识与技能""过程与方法"和"情感态度与价值观"构成的"三维目标"理论。但反映到中小学"语文课程标准"中的"课程目标"表述上却并没有阐释清楚到底要达到哪些具体的"知识与技能目标""过程与方法目标"和"情感态度与价值观目标","三维目标"只是作为宏观的语文课程目标设计理念而存在,给语文教师设置了三个固定的教学目标设计维度,并不能直接利用到具体的语文课程目标开发上。反而是泰勒的课程目标陈述方式更利于作为课程目标开发的评价标准,一切课程目标都包括"内容"和"行为"两个方面:"语文课程的内容目标是借助学生学习哪些具体内容来表述目标的",即内容目标是涉及课程内容的;语文课程的行为目标是指学生通过怎样的学习行为达到怎样的能力水平或者产生哪些行为变化,而这些行为目标又可以反映在认知、情意和动作技能三个领域,即学生在学习中会产生认知行为、情意行为和动作技能行为。

(1)内容目标开发

第一,中小学语文课程目标开发中的内容目标必须指向明确,不能含糊不清。比如《义务教育语文课程标准》在表述"第一学段"的"目标与内容"时,"学会汉语拼音,能读准声母、韵母、声调和整体认读音节"和"能准确地拼读音节,正确书写声母、韵母和音节"就是指向明确的课程内容目标,因为它从汉语拼音的具体构成要素说明了学习内容有哪些。在该学段的"阅读目标与内容"中,"阅读浅近的童话、寓言、故事"则将阅读内容的范围明确了下来,也属于内容指向清楚的课程内容目标,而与行为目标的区别就在于它并不涉及学生的能力水平。除开指向明确的课程内容目标外,"课程标准"中还存在着大量内容模糊的语文课程内容目标,比如"积累较为丰富的语文材料和言语活动经验"就没有说清要积累哪些语言材料、哪些言语活动经验。总体而言，"识字与写字""阅读"和"写作"部分的"内容目标"指向比"口语交际"和"综合性学习"的"内容目标"指向更加明确，"口语交际"目标更侧重"怎么说"而不关注"说什么"，"综合性学习"也是更侧重"怎么学"而不关注"学什么"。这些课程内容目标不明或缺失的地方就是当前语文课程内容目标的不足之处。第二，中小学语文课程目标开发中的内容目标必须组织有序。"义务教育语文课程标准"从 2001 年"实验稿"中只有"课程目标"而无"课程内容"到 2011 年"正式稿"中将"课程目标与内容"并为一项，实际上承认了语文课程目标中潜藏语文课程内容的事实，但却并没有弥补语文课程内容缺失的遗憾。也因为这样，语文课程目标中的内容目标并无组织序列，只是依照分学段的"识字与写字""阅读""写作""口语交际"和"综合性学习"来表述，所以不能系统反映语文课程目标中内容目标的变化趋势。《普通高中语文课程标准》直到"核心素养版"才围绕"语言建构与运用""思维发展与提升""审美鉴赏与创造"和"文化传承与理解"这四大核心素养确立了独立的"语文课程目标"和"语文课程内容"。12 条高中语文课程目标又分别与四大核心素养相对应："语言积累与建构""语言表达与交流"和"语言梳理与整合"对应"语言建构与运用"素养，"增强形象思维能力""发展逻辑思维"和"提升思维品质"对应"思维发展与提升"素养，"增进对祖国语言文字的美感体验""鉴赏文学作品"

和"美的表达与创造"对应"审美鉴赏与创造"素养，"传承中华文化""理解多样文化"和"关注参与当代文化"对应"文化传承与理解"素养。语文课程的内容目标也遵循核心素养序列。

（2）行为目标开发

第一，中小学语文课程目标开发中的行为目标必须具有可操作性，即学生可以根据语文课程中的行为目标做出相应的语文学习行为。比如"喜欢学习汉字，有主动识字、写字的愿望""对学习汉字有浓厚的兴趣，养成主动识字的习惯"，这两条是针对学生的"识字与写字"能力提出的行为目标，并且由"喜欢""愿望"和"兴趣"可知这是情意领域的目标，但实际上学生根本无法根据这种情意属性的行为目标作出准确的行为反应，达到提升自己识字能力与写字能力的目的。又如"认识中华文化的丰厚博大，汲取民族文化智慧"这一目标中的"认识"对象本身就是抽象的，那么学生该如何做出对应的行为呢？总之，从《义务教育语文课程标准》（2011年版）对课程目标的表述可以发现，其中涉及的许多行为目标表述都无法指导学生做出准确的行为反应，而这又与行为动词及其使用对象的模糊性相关。像"了解""认识""把握"和"懂得"等词就无法指导学生进行准确的操作行为，而"学会""区分""使用"和"判断"等就明显更具有行为指导性。因而要使中小学语文课程中的行为目标更具可操作性，必须加强对行为表述的精准性。第二，中小学语文课程目标开发中的行为目标必须要有可观察性，即语文教师能够准确观察并判断出学生是否做出了某种语文学习行为。比如"能具体明确、文从字顺地表达自己的见闻、体验和想法""能较完整地讲述小故事，能简要讲述自己感兴趣的见闻""能复述叙事性作品的大意"等都是可被教师观察到具体学习状态的行为目标。而"体会句号与逗号的不同用法""推想课文中有关词句的意思""体味和推敲重要词句"等则都是不易被直接观察到的行为目标。所以，语文课程行为目标不仅要具有可操作性，能指导学生的学习行为；而且还要具有可观测性，使教师能准确判断出学生的学习行为状态。

2. 课程内容开发

课程内容开发一直是课程工作者最为关注的方面，课程编制时期对课程内容的解释有三种："一是课程内容即教材，二是课程内容即学习活动，三是课程内容即学习经验"。进入课程开发时代以后，对课程内容的开发有三种选择取向："一是课程内容即学科知识，二是课程内容即当代社会生活经验，三是课程内容即学习者的经验"。在我国中小学语文教育演进历程中，长期把教材内容作为课程内容，并等同于要向学生传递的语文知识，但中小学语文课本事实上没说清"教师教什么"和"学生学什么"的问题。所以把语文学科知识开发和语文生活经验开发作为中小学语文课程内容开发的评价标准。

（1）语文学科知识开发

现代中小学语文教育脱胎于古代综合教育体系，并且语文课程的独立设科也并不是以学科发展为基础的，所以导致了此后的语文课程内容开发一直缺乏必要的学科知识要素。而要开发语文科学知识来建构语文课程内容，则必须满足以下标准：一是必须整合涉及语文教育的学科领域知识作为语文课程内容。在探究"语文是什么"的路上，语言、文章、文学和文化都被吸纳到了语文的内涵中，语文课程内容也与语言学、文学和文章学等学科领域知识联系到了一起。然而，语文课程内容并非这些学科知识的简单相加，它们只是为语文学科知识开发提供了依据。从语文课程性质来看，"语文课程是一门学习祖国语言文字运用的综合性、实践性课程"，那么一切关乎语言文字运用的各学科知识都能开发成语文学科知识。语言学理论提供了学习汉语言文字的基本原理知识，有助于汉语拼音的声、韵、调学习，有助于掌握汉语的词汇结构特征等；文学知识不仅以文学作品的形式进入到语文教材，对学生学习语言文字起到了示范作用，还有经过历史积淀的系统文学常识也是语文知识的范畴；文章学、文艺学则揭示了一般写作规律，也应作为语文知识开发的学科基础。二是必须完善听、说、读、写各类语文活动知识。自1923年《新学制课程标准纲要》在小学"毕业最低限度标准"中以"谈话""阅读"和"写作"作为评价标准以来，就逐渐确认了听、说、读、写在语文教育中的地位，它既构成了语文课程目标与内容，还是语文教学活动内容，也是检测学生语文学习水平的标准。因此，"语文学科知识开发不仅是关于对象的知识，如语言学知识、文章学知识、文学知识等，还是关于语文活动的知识，即如何阅读、写作、进行口语交际的知识"。这样才能以规范、科学的"听""说""读""写"知识指导学生的听、说、读、写活动，而不是单靠机械训练来提升学生的各项语文能力。

（2）语文生活经验开发

因为教育是具有社会性的，所以选择社会生活经验作为课程内容顺理成章，然而只有为学习者所经历、体验并认同的社会生活经验才有课程实现的可能。并且，"学习者不是社会经验的适应者和被动接受者，而是主动参与到了社会生活经验的创造中。"因此，要评价中小学语文课程内容开发，则必须要以语文生活经验开发为标准，既包括符合社会生活需求的语文经验，还包括经由学生自主选择、创造的满足其自身需要的语文经验。第一，开发语文课程是为了培养符合社会需要的人，因而语文课程内容必须是符合时代需要的语文生活经验。这种以社会需求为标准的语文生活经验开发在课程设计理念中就有具体体现：《义务教育语文课程标准》把"努力建设开放而有活力的语文课程"作为课程基本理念，指出"语文课程的建设不仅要继承传统，同时还应密切关注现代社会发展的需要，拓展语文学习和运用的领域"；《普通高中语文课程标准》（实验）把"遵循共同基础与多样选择相统一的原则，构建开放、有序的语文课程"作为语文课程基本理念；《普通高中语文课程标准》（2017年版）也把"注重时代多样性，构建开发多样、有序的语文课程"作为课程基本理念，指出"语文素养的发展与提升要适应社会新形势的需要"。这些课程理念都反映出了语文课程内容开发必须要适应时代需求，也就是必须以满足社会生活需要的语文生活经验为语文课程内容。第二，学生不是中小学语文课程的被动接受者，也不是成人社会生活经验的被动接受者和传递者，而是以自己的实际语文生活经历与语文生活体验参与到了中小学语文课程开发过程中。因此，符合学生需要的语文生活经验开发是语文课程内容评价的另一条标准。与此同时，"学生的语文生活经验又是从听、说、读、写等各项语文活动经历中得来的"，因而以学生需要为标准的语文生活经验开发就是要从学生的语文阅读活动、写作活动、口语交际活动等语文经历中选择符合其语文生活需要的部分作为中小学语文课程内容。总之，语文课程内容中的语文生活经验开发不仅包括以社会生活需要为标准的语文生活经验，还包括符合学生需要的、在语文活动中主动选择和创造的语文经验。

（二）中小学语文课程实施评价标准

"课程实施"被专门研究是当人们意识到对课程变革计划的评价不能只根据最终结果判定才出现的，它是将某项课程计划付诸实践的具体过程，其核心环节和基本途径就是教学。中小学语文课程实施就是中小学语文课程计划实现的过程，而当语文教师把语文课程计划作为自己选择教学策略的依据时，就进入到中小学语文教学环节。自现代中小学语文教育确立了"三段制"学校教育体系以来，学校课程计划就由"学堂章程""学校令""课程标准说明""课程总纲""教学计划""课程计划"和"课程实施方案"等文件颁布执行，它将学校课程设置、课时安排、课程实施和课程管理等内容初步明确了下来。但课程实施又涉及教材、教师、学生、教学组织等复杂因素，所以只择取"课程标准编制"与"教材编写"作为课程实施的关键来确立评价标准。而中小学语文课程标准的评价既包括对中小学语文课程标准自身构成的评价，又包括对中小学语文课程标准所起作用的评价，所以分别从结构标准和职能标准来建立具体评价标准；中小学语文教材的评价主要从中小学语文教材对中小学语文课程的实现程度以及对中小学语文教学的指导程度来评价，所以把课程实现和教学指导作为评价标准。

1. 课程标准编订

（1）结构标准

中小学语文课程标准的结构标准包括两方面：一是中小学语文课程标准的结构要素；二是中小学语文课程标准各要素的内部结构体例。第一，中小学语文课程标准的组成要素必须包括课程性质、课程目标和课程内容。语文课程性质问题是被关注最多的，也是在课程标准结构要素中完善最快的，从中华人民共和国成立后的"汉语"和"文学"分科教学开始，就逐渐有了"政治工具性""政治思想性""语言形式工具性"和"语言内容人文性"等课程性质之辩；进入"新课改"以后，从"语文是最重要的交际工具，是人类文化的重要组成部分"，发展到"语文课程是一门学习语言文字运用的综合性、实践性课程，工具性与人文性的统一是语文课程的基本特点"；再到"语言文字是人类社会最重要的交际工具和信息载体，语言文字运用存在于人类社会的各个领域"。可见语文课程的思想政治性质逐渐被舍弃，转而从语言的形式和内容特点确认了中小学语文课程的工具性和人文性，并逐步突破静态的语言要素主义进入到"语言文字运用"阶段。而"语文课程目标"和"语文课程内容"作为中小学语文课程标准的结构要素则仍有待完善；《义务教育语文课程标准》（实验稿）和《普通高中语文课程标准》（实验）都没有"课程内容"一项，只能借助"课程目标"窥探到课程内容的痕迹；到《义务教育语文课程标准》时则把"课程目标与内容"合为一项结构要素，依旧是通过"目标"来呈现"内容"；直到《普通高中语文课程标准》才围绕"四大核心素养"建立了全新的语文课程目标，并以18个"学习任务群"作为"课程内容"。但当前"课程标准"中的语文课目标与语文课程内容是否能有效指导语文教学仍是疑问，因而作为中小学语文课程标准结构要素的课程目标与课程内容仍在建设中。

第二，中小学语文课程标准中的各要素内部必须要有科学的逻辑序列。最典型的就是《义务教育语文课程标准》中的"课程目标与内容"是从"总体目标与内容"到"学段目标与内容"的顺序排列的，"总目标"围绕"三维目标"设计，具体关涉"社会价值观培养""民族文化认识""语言文字学习""思维能力发展""学习能力培养"等10条，但却并不遵循科学逻辑序列而只是课程标准编订者的序列意志体现。四个"学段目标"分别围绕"识字与写字""阅读""写作"（低年级是"写话"）、"口语交际"和"综合性学习"五种语文活动展开，对不同学段的同一语文活动目标与内容又从发展心理学角度提出了要求，比如"第一学段"要求"认识汉字1600个左右，其中800个左右会写"，"第二学段"要求"认识汉字2500个左右，其中1600个左右会写"。然而，"学段目标与内容"在关注学生心理顺序时却削弱了语文课程内容的逻辑顺序。例如一至四学段在"阅读"中所确立的朗读"目标与内容"分别是："学习用普通话正确、流利、有感情地朗读课文""用普通话正确、流利、有感情地朗读课文""能用普通话正确、流利、有感情地朗读课文""能用普通话正确、流利、有感情地朗读"，这些相同的目标出现在了不同的"学段目标与内容"中，也并不呈现任何螺旋式递升特征，足见其缺乏必要的逻辑顺序。

（2）职能标准

中小学语文课程标准编订之后主要是供给中小学语文教材编写者和中小学语文教师使用，因而其职能标准包括指导教材编写和指导教师教学两个方面。一是，中小学语文课程标准要为中小学语文教材编写提供指导，能促使语文课程内容教材化。"语文教学大纲"时期直接将教科书的基本篇目，甚至是把具体的教材目录编入了"大纲"内容，所以在这个没有课程意识的时代里语文教学内容非常明确。然而，随着"大纲"中既定选文过于政治化的缺陷日益显现，"新课程"改革下语文课程意识的回归，这种固定语文教学内容的做法也就停止了。到21世纪后，相继颁发的语文课程标准中都包含了"教材编写建议"一项，但"以马克思主义为指导""体现时代特点""体例多样""符合学生身心发展"等都只是宽泛、笼统的教材编写原则。即使是涉及"选文建议"，也只停留在"文质兼美，具有典范性，富有文化内涵和时代气息"层面，始终无法对语文教材内容的确立进行直接高效地指导。二是，中小学语文课程标准要为语文教师教学提供指导，能有助于明确教学目的、选择教学内容和教学方法。自"语文课程标准"替代"语文教学大纲"以来，"教学建议"就一直是课程标准"实施建议"中的一部分，但这些教学建议依旧只是原则性概念；"总体建议"中的"充分发挥师生双方在教学中的主动性和创造性""教学中努力体现语文的实践性和综合性""重视情感、态度、价值观的正确导向""重视培养学生的创新精神和实践能力"等完全只是宽泛的教学原则；"具体建议"围绕"识字、写字与汉语拼音教学""阅读教学""写作教学""口语交际教学""综合性学习教学""语法修辞知识教学"展开，仍是在说明不同教学活动应遵循的各项教学原则，根本无法指导教师制定教学目标、选择教学内容和确定教学方法。

2. 语文教材编写

（1）课程实现标准

中小学语文教材的课程实现标准体现在对课程目标和课程内容的实现上，即中小学语文教材内容不仅要与中小学语文课程目标相适应，还要能反映中小学语文课程内容。首先，尽管中小学语文课程目标呈现在课程标准中，但课程目标的实现必须依靠中小学语文教学，因为教学是课程实施的核心环节。而且，语文教材又连接了中小学语文课程活动和中小学语文教学活动，由语文课程工作者编订后应用于语文教学活动领域。所以，语文教学活动是课程目标实现的手段，而语文教材内容也就必须与语文课程目标相适应。比如语文课程标准中针对识字与写字、阅读、写作、口语交际等制定的"学段目标"是按学年差异来区分的，那么反映到相应学年的语文教材内容编写上也就应该与这些"学段目标"一一对应。然后，"语文教材内容必须反映、体现课程内容"。尽管当前的中小学语文课程内容建设尚在进行，但即使有完备的语文课程内容，也不能直接原封不动地让学生学习，必须实现课程内容教材化。反之，中小学语文教材编写也必须以课程内容实现为标准，以既定的课程内容为准则。比如《普通高中语文课程标准》以"整本书阅读与研讨""中国革命传统作品研习""中国传统文化经典研习""跨文化专题研讨"等18个学习任务群作为语文课程内容，反映在高中语文教材编写上也必须将这些课程内容"教材化"。但显然，当前的高中语文教材内容还不足以实现语文课程内容，不能提供符合课程需要的语文教学内容。

（2）教学指导标准

中小学语文教材的教学指导标准就是要对教师的"教"和学生的"学"都能起到指导作用。首先，中小学语文教材要能够指导教师教学。具体表现在要为语文教师每节课的教学目标设定、教学内容选择和教学方法选用提供有效指导。我国的中小学语文教材内容编写主要采取以选文系统为主，以助读系统、练习系统和知识系统为辅的形式。并且，随着语文课程强调"语言工具性"的缺陷逐渐被发现以后，语文课程对语文知识的要求明显弱化，语文知识系统也不在语文教材中单独呈现，而是暗含在了选文之中。这样，语文教师到底如何根据单篇选文确定教学目标、选择教学内容以及选用教学方法在语文教材中并没有反映，而语文教材本就应该具备的教学指导作用也实际上转嫁给了各类"教参"和"教材解读"。然后，中小学语文教材要能够指导学生学习。具体表现在能为学生提供使其感兴趣的、为其所需要的语文学习内容，并能指导学生学习多种语文学习的方法。这就要求中小学语文教材不仅要编选符合学生阶段心理发展特征的选文以吸引学生兴趣，以中小学生的实际生活需要为语文教材编写标准，还要在除开传统的"四大教材系统"外增加学法指导系统。从现行的部编本语文教材来看，其教材编写已经开始具备明显的学习指导意识。课文选篇在以往的"经典性""文质兼美"标准外，还关注到了"适宜教学"和"时代性"，即使是"思考练习"也注重趣味性。还有以"精读"和"略读"两种不同语文课型区分出了"教读课文"和"自读课文"，这也是在有意指导学生学习不同的阅读方法。

三、中小学语文教学评价标准

尽管中小学语文教学是中小学语文课程实施的重要环节，但并不意味着中小学语文教学成了中小学语文课程的忠实执行者，这种程序化的中小学语文课程实施取向早已被历史淘汰。并且，中小学语文教学也正逐步突破狭窄的课堂范围，日益发展成与学生日常生活紧密相连的"生活语文"。因此，中小学语文教学评价必须以中小学语文课堂教学和中小学语文课外学习两个方面作为评价标准；中小学语文课堂教学评价标准围绕教学目标、教学内容、教学方法和教学效果四个方面建立，中小学语文课外学习评价标准从提升语文能力和发展语文思维两方面确立。

（一）中小学语文课堂教学评价标准

传统的中小学语文课堂教学评价是从教师"如何教学"的角度来进行评价的，但随着有效教学理念的深入又形成了"以学评教"的取向，因为只有教师的教学行为转化为学生的学习行为时才产生教学效果。然而，建立以"教师的教学行为"和"学生的学习行为"为标准的中小学语文课堂教学评价体系又面临课堂行为观察和记录的难题。"课堂教学是由一系列连贯的活动组成，多种教师教学行为和学生学习行为相互交织、影响，那么该如何将这些行为划分为彼此独立的单位？"所以，"以教学行为评价学习行为"是对中小学语文课堂教学评价认识的一次突破，引领语文课堂从只注重"教师教"转变到也注重"学生学"，以助于真正实现学生的课堂主体地位。但这种评价思想是否能直接转化为可操作的评价标准还值得商榷，毕竟教师和学生之间的"行为链"难以切割，水平各异的学生的行为表现也不足以作为教师教学的评价标准。因而以易观察的"教学效果"作为"学生学习行为"的评价标准，与"教学目标""教学内容"和"教学方法"一起组成中小学语文课堂教学评价标准，兼顾教师的"教"与学生的"学"。

1. 教学目标

中小学语文教学目标是语文教师对教学效果的预想，指导着语文教师组织教学活动。中小学语文教学目标设定必须符合两大基本标准：一是中小学语文课堂教学目标要准确、灵活反映中小学课程目标，二是中小学语文课堂教学目标要与中小学语文教材目标相适切。首先，当前的中小学语文课程目标设计都以"三维目标"为设计理念，即以布鲁姆目标分类学下的认识领域、情意领域和动作技能领域为依据。所以围绕"知识与能力""过程与方法"和"情感态度与价值观"设计中小学语文课堂教学目标的确是课程目标的体现。但把它们机械套用在中小学语文课堂教学目标设计中又暴露出了许多不容忽视的问题，是否一切语文活动都有确立这三方面目标的必要？同一语文教学活动能否同时实现这三层目标？这三层目标的实现过程又是否彼此独立？因而中小学语文教学目标的评价标准不仅是要准确反映中小学语文课程目标，还必须要根据教学需要灵活处理。然后，中小学语文课堂教学目标的确立要符合中小学语文教材目标。中小学语文教材内容选编都不是无目的的，一方面它是课程内容的具体呈现方式，另一方面也是教师选择教学内容的凭借，并且都指向特定的教学目标。所以中小学语文课堂教学目标的确立要以教材目标为依据，而教材目标又主要以两种方式呈现：一是单元组编型的语文教材都有其组织依据，既指向一定的单元教学目标，也有各篇选文独立的教学目标。以部编本语文教材为例，它针对每单元的阅读、写作分别设定了教学目标，在"教读"课文前编写了"预习提示"、在"自读"课文旁作了"批注提示",还在"活动·探究"单元中直接分条明确"学习任务",这些都是显层面的语文教材目标,是语文课堂教学目标确立的依据。二是语文教材目标还暗含在具体的语文教材内容之中。"以语文素养为例,部编本语文教材将包括语文知识、语文能力、语文学习策略等在内的各大语文素养都有机贯穿在了课文当中",尽管语文课堂教学已经有了显层面教材目标的指引,但这些浅层面的语文素养目标也不应忽视。此外,教学目标还必须符合学生学情特点,学生已经具备的学习基础、学习能力差异性等都是教师课堂教学必须考虑的因素,否则难以达到预期教学效果。

2. 教学内容

中小学语文课堂教学内容就是语文教师"教什么"的问题,而对其评价的标准就是能否准确反映教学目标、是否以言语实践活动来建构学生的语言分析与理解素养并提升学生的语言运用能力。以反映教学目标作为评价标准是为了确保中小学语文课堂教学内容的有效性;中小学语文教材是语文课程内容的主要载体,因而中小学语文课堂教学内容就有了"确定性",但也因为语文教材给语文教师留有开发空间,所以中小学语文课堂教学内容又有"开放性"。中小学语文教学内容要以教学目标为标准是就其"开放性"特征而言的,一切由中小学语文教师所自主选择、开发的课堂教学内容都必须符合教学目标,也只有以此为标准确立的语文课堂教学内容才是有意义的。把通过建构学生的语言素养来提升语用能力作为中小学语文课堂教学内容的选择标准是中小学语文教育的本质要求。"分析哲学强调以语言分析的方法来认识世界,哲学解释学强调语言是人类存在的方式,且一切存在只有通过语言才能显现",而"语文课就是教师指导学生凭借教材学习祖国语言文字以提升语文能力和语文素养的课程",所以基于分析哲学和哲学解释学理论的语文教育的本质就是要发展学生的语言分析与理解素养,而中小学语文课堂教学内容必然不能偏离其本质要求。与此同时,学生的语文素养也只有通过言语实践活动才能获得,因而中小学语文课堂教学内容不可能是静态的语言分析和语言理解,而必须是由一系列听、说、读、写活动所构成。

3. 教学方法

中小学语文教学方法是"如何教""怎么教"的问题,其评价标准有二:一是中小学语文课堂教学方法要顺应学生的心理认知规律;二是中小学语文课堂教学方法要符合客观的语文学习规律。首先,从心理学角度来看,中小学生的认知能力尚处在快速发展时期;记忆能力是从机械记忆发展到理解记忆,思维能力是从直观形象思维逐步发展到抽象逻辑思维。学生阶段性认知水平特征影响下的语文理解能力也是从简单到复杂,因而中小学语文教师必须选择符合其认知规律的教学方法。比如:同样是阅读教学,对于处在认知能力较低、以形象记忆为主的小学生来说,教师在教学时可采用图片教学法、游戏教学法等帮助学生理解教学内容。而对正逐步从形象思维过渡到逻辑思维的初中生来说,教师在教学过程中则可更多地运用思辨性教学，引导学生自主探究、理解文本内容。总之，学生的阶段性心理认知规律是影响教师教学效果的重要因素，并且教学过程中不能以成人的标准来要求儿童，而要实现中小学语文课堂教学目标就唯有根据学生的心理认知特点来选用合适的语文教学方法。其次，中小学语文学习是一个特殊的学习领域，语文教师的课堂教学方法除了要遵循一般的心理认知规律外，还要符合学生的语文学习规律。这种语文学习规律是在语文教育演变中自发探索出来的，或者经由科学的语文研究发现的，是与普遍的心理认知规律相区别的。就拿识字教学来说，古代"三百千"等蒙学教材中的"人之初，性本善""赵钱孙李，周吴郑王""天地玄黄，宇宙洪荒"等都运用到了汉字的韵语规律，以三字成句或四字成句的形式使学生读起来朗朗上口；"当下部编本一年级语文教材的识字课文就采纳了关于儿童字频研究的成果，把儿童读书最需要先认识的 300 个汉字安排在最初识字阶段"。除了汉字识字规律外，汉语阅读和写作也都有其特殊规律，只是暂时还处在研究与探索中，而语文教师的课堂教学方法则必须要与这些语文学习规律相符。

4. 教学效果

中小学语文教学效果就是"教得怎样"和"学得怎样"的问题，是对教学结果的评价。因为全部的语文教学活动只有落实到学生的"学"上才有意义，所以我们以学生"学得怎样"来考察教师"教得怎样"，来评价中小学语文课堂教学效果。这也是为了解决教师的"教学

行为"与学生的"学习行为"难以准确分割的问题,而
中小学语文课堂教学评价标准又具体体现在两点:一是
从学生是否积极主动参与课堂言语实践活动来评价教学
效果;二是从学生的语言能力是否得到提升来评价中小
学语文课堂教学效果。首先,一切语文课堂教学活动都
是围绕言语实践展开的,那么在教师指导学生进行听、
说、读、写活动时,学生也应该成为一个积极主动的参
与者和探索者,而不是一个被动接受者和配合者。因而
学生在各种言语实践活动中的参与程度就应该成为中小
学语文教学效果的评价标准。然而,对这种参与程度的
量化评价仍待研究,具体从哪些指标来评价学生的言语
实践参与度仍是问题。其次,除了学生对课堂的参与程
度外,其参与质量也应该是中小学语文教学效果的评价
标准。这是为了避免从语文课堂的表面"热闹"现象来
评价教学效果,如果学生在各项言语实践活动中都背离
了课堂教学目标与教学内容,只是毫无意义地听、说、
读、写训练,那么语文实际教学效果仍是低下的。因此,
还要以学生在言语实践活动中是否表现出语言能力的提
升来评价中小学语文课堂教学效果。具体可从学生是否
积累了语言知识,是否学习了新的语言表达技巧,是否
掌握了新的写作技法等方面来评价,即以可视化的学生
言语行为来判定其语文素养和语言运用能力是否得到提
升。但同时也必须意识到,要对学生各种言语行为水平
进行准确评价仍需更为精准的评价指标。总之,"以学
评教"是中小学语文课堂教学评价取向的转变,但与
"教学目标""教学内容"和"教学方法"构成的"教师

教学行为"相比，对"学生学习行为"的研究还需深入。

（二）中小学语文课外学习评价标准

1. 提升语文能力

提升语文能力是中小学语文课外学习的评价标准之一。学生的语文能力涵盖范围非常广，除了最为核心的语言分析与理解能力、语言运用能力外，还包括朗读能力、写作能力、口语表达能力等各种能力在内。为了方便观测学生在课外学习中的语文能力水平，我们仍从识字与写字、阅读、写作和口语交际这几项不同的语文活动来评价学生的不同语文能力。即从学生的听、说、读、写能力是否提升来评价中小学语文课外学习效果。而之所以形成这一评价标准的原因在于：一是虽然中小学语文课外学习活动形式丰富多样，但其核心仍是围绕听、说、读、写进行的语文活动。现代中小学语文教育能从"小课堂"走向"大语文"，语文课外活动可谓是立下了汗马功劳。"自国外自学辅导法传入以后，学生自主学习发展起来，教学场地从课堂拓展到了课外"。语文课外学习活动从最初简单的课外自学到后来组织文学社、诗社、戏剧社等社团，再到了当下包含阅读、写作、口语交际等各种活动在内的综合性语文课外学习活动。总体而言，这些语文课外学习活动都没有脱离听、说、读、写范畴，因而对其评价应该以此为标准。二是虽然中小学语文能力内涵广泛，但其核心仍是识字与写字能力、阅读能力、写作能力和口语交际能力组成的综合性能力。当以口头语和书面语作为"语文"命名之初的解释时，就逐渐确认了口语能力和书面语能力在中小学语文能力中的地位。因而一切有价值的语文课外学习活动必然是要对学生的识字与写字能力、阅读能力、写作能力和口语交际能力等综合能力有所提升。

2. 发展语文思维

发展语文思维是中小学语文课外学习的评价标准之二。首先，语言和思维关系密切，而中小学语文本身就是学习祖国语言文字的课程，因而发展语文思维的重要性也就不言而喻。《义务教育语文课程标准》的一大基本课程理念就是"全面提高学生的语文素养"，而引导学生发展思维又是提升语文素养的重要部分。发展到《普通高中语文课程标准》则将"思维发展与提升"作为一项"语文核心素养"，置于"语言建构与运用"素养之后。与这一"核心素养"相对应的语文课程目标就是让学生通过语言运用获得"直觉思维、增强形象思维、发展逻辑思维、辩证思维和创造思维"，以及"提升思维的深刻性、敏捷性、灵活性、批判性、独创性等思维品质"。所以，从"课程标准"中对思维要求的变化可见，"发展思维"在中小学语文教育中已经不容忽视，而直觉思维、形象思维、逻辑思维、辩证思维和创造思维这几大思维形式也就是语文思维的核心内容。然后，当下的语文学习空间已经不再局限于狭窄的语文课堂之内，以言语实践活动为核心的各种综合性语文课外学习也成了中小学语文学习的重要方式，因而语文课外学习也应该承担起发展语文思维的责任。又因语文课外活动日渐多样而难以确立统一的评价标准，所以除了凭借听、说、读、写能力是否提升来对其予以评价之外，就应该把是否发展语文思维作为另一项重要的评价标准。毕竟语文能力的提升和语文思维之间联系紧密，思维能力本身就被视为一种语文能力，也只有语文思维支撑下的语文能力才能走得更远。

第四章　中国古代文学在语文教育中的育人价值及开发策略

第一节　中国古代文学教学与育人价值探究

笔者首先结合"新基础教育"研究，探讨"育人价值"的内涵，以便能够更深入地挖掘育人价值，进而结合古诗词这一文体阐释育人价值在教学层面上的意义；其次，本文的研究对象是初中语文古诗词教学，那么初中语文古诗词教学与育人价值到底有何紧密联系，也是需要关注的一个问题，因此主要探讨了初中语文古诗词教学与育人价值的关系。

一、"育人价值"的内涵探究

始于1994年的"新基础教育"研究，在时代和社会大背景的推动下，着眼于以往教学价值观念的反思与重建。"育人价值"作为"新基础教育"研究的基本概念和理论基础，对其内涵的理解需要从"新基础教育"研究的源头出发，才能够厘清"育人价值"的学理性意义。

（一）"新基础教育"研究概述

"教育改革要读懂时代"。社会主义市场经济体制的建立使得社会中的各个方面变得多元化，教育领域也不例外。"'新基础教育'研究以认识当代中国社会变革作为开篇，以教育学立场、从育人意义上，积极应对当代社会变革，把教育生活中的人——教师和学生发展置于其生存的当下环境中，将中国教育变革和学校转型放在当代社会变革的大背景中去认识"。基于以上所述，笔者对"新基础教育"的研究性质、研究目标、研究基本路径以及教师队伍要求等四个方面进行了如下阐述。

第一，"新基础教育"的研究性质是创建"新型学校"或者说进行一场教育变革，即在社会变革的大背景中努力使学校转型。同时，新型学校具备以下几个特点：其一，知识并不是学校教育的全部，如果学生在课堂上接受的是灌输式、符号化的知识，那么这仍然是传统的"满堂灌"式的教学模式。因此，现代新型学校应该为了更多人的主动发展服务，致力于师生以及中小学教育中其他主体的能动发展。其二，教师在课堂教学中并不是绝对的主导者。借用叶澜的观点来说，中小学教育中的教师与学生是一种"复合主体"的关系。换句话来说，教师与学生的关系是平等的、相互尊重的。因此，为了使师生双方都能够在教学活动中获得生成性发展，教学活动需要将重心下移，即在师生关系上，以一种民主的、合作的、开放的状态共同成长。其三，课堂教学的过程并不是一成不变的。就古诗词教学来说，许多教师的课堂教学模式是这样的：介绍诗人—介绍写作背景—对诗句进行解释，阐释句意—赏析重点诗句—课堂小结。但是"新基础教育"研究主张要警惕模式问题，否则会使课堂教学慢慢失去原有的活力。因此，现代新型学校应力求使教学设计以及教学过程具有开放性和生成性。其四，课堂教学不是教师单向传授知识的过程，在此过程中还需要学生的参与和反馈，教学过程缺乏一定的互动则无法取得预期的效果。"有了互动，才可生成"。最后，课堂教学需要"内生力"。教师不能仅仅依赖教学参考书和教材，也不能仅仅依靠多媒体进行图像展示，而应该注重教学内在资源的开发，比如学生在课堂上提出的疑问以及看问题的不同角度等，这些都是教师不可忽视的重要教学资源。

第二，从研究目标上来看，叶澜先生于1994年提出"新人素养"的观点主要有三个维度："认知、道德和精神"。这是基于"新基础教育"初期阶段所提出的研究目标。"新基础教育"研究进入新时期以后，该团队基于多年的教学经验与理论研究发展并完善了这一研究目标，其主要涉及人生态度、价值观、个体人格与公民素养、学习力、能力等维度。

第三，从研究的基本路径来看，"新基础教育"研究的基本路径是实践。"'新基础教育'是通过'研究性变革实践'来实现新型学校的创建"。"研究性变革实践"催生了一套教育理论和一批转型学校。

第四，从教师队伍的建设和发展看，"'新基础教育'要求在研究中形成富有创造智慧的新型校长、教师和研究人员，并通过他们培养新人"。"成人才能成事"，这是叶澜先生对"新基础教育"内生力的部分解读。具体到教师队伍的建设中，只有教师主动地、积极地投入到这场教育改革中，才有可能实现自身教育观念与行为的转化。这些所谓的"新型教师"其实并不全是新手型教师，或者全是专家型教师，而是一批敢于突破自己，全身心投入到改革的研究实践中，重新解读学生，重新解读自身教学的教师。

以上从四个方面对"新基础教育"研究作了简单的概述，从中可以看出"新基础教育"研究一直是站在"人的立场"上，强调师生这一复合主体能够在互动中"共同创造教学过程、共同创造教育生活"。因此，叶澜先生于2002年提出"育人价值"这一理念，并且将其贯穿于教育改革研究的始终是不无道理的。同时，"育人价值"有着深厚的理论研究与改革实践的基础，是值得去继续深入挖掘的。

（二）"育人价值"的内涵探究

"育人价值"是"新基础教育"研究基于学生立场，面向全体学生而提出的，它不仅仅是一个概念，更是一种实践活动，应该"贯穿于语文教学的起点、过程和终点"。要探讨"育人价值"的内涵，首先要理解什么是价值。基于学术界的已有研究，价值可以分为物质价值和精神价值。"精神价值是相对于物质价值而言的，它是指客体（自然、社会、精神产品）同人的精神文化需要的关系，可以分为知识价值、道德价值以及审美价值"。本文中提到的价值主要是指精神价值，是指客体与人的精神文化层面之间的相互作用关系，强调客体（自然、社会、精神产品）对主体（人）精神需要的满足。

"新基础教育"研究的价值理念结构主要针对以往教学价值观念中出现的一些问题，这些问题主要表现在三个层面的"价值转化"上：第一个层面是将教师观念中的传统价值观转化为能够达成共识的共同价值观；第二个层面是将共同价值观转化为具体每门学科的教学价值观；第三个层面是将学科教学价值观落实到具体的课堂教学活动之中。由此"新基础教育"研究对"育人价值"有三个层次的理解：教学共同价值观，学科教学价值观以及课堂教学过程价值观。笔者基于这三个层次的理解，详细阐述"育人价值"的内涵。

1. 教学共同价值观

叶澜在其《重建课堂教学价值观》一文中提出，在整体共通的层次上，我国基础教育教学价值观的核心理念是："当前我国基础教育中课堂教学的价值观需要从单一的传授教科书上呈现的现成知识，转为培养能在当代社会中实现主动、健康发展的一代新人"。在此明确了"教书"与"育人"是同一过程的两个方面，而不是相互独立的存在。

学科知识与育人价值之间并不是冲突、对立的关系。学科知识的存在并不意味着育人价值无法在课堂中展现，同理，育人价值在教学活动中的开发并不阻碍学科价值的实现。因此，笔者认为学科知识（学科价值）与育人价值是可以相互融通、共同生成的。现成的学科知识是教学活动必不可少的教学内容，但并不是全部。只关注符号化知识的教学，实则在教学活动中，学生始终处于被动的学习状态。同时，教师不仅是知识的传递者，更应该是各种课堂教学资源的开发者，学生发展的引导者，否则学生在教学过程中的好奇心、求知欲、探索欲等无法得到回应。"新基础教育"研究针对现阶段以及以往的教学现状，无论从社会发展还是个人的发展来看，个体的主动性都是十分重要且关键的因素。

2. 学科教学价值观

第二个层次是学科教学价值观的重建即每门学科都有自己独特的育人价值。这是其他学科无法替代且独一无二的。对于学科育人价值的理解，叶澜先生是这样描述的："每个学科对学生的发展价值，除了一个领域的知识以外，从更深的层次看，至少还可以为学生认识、阐述、感受、体悟、改变这个自己生活在其中并与其不断互动着的、丰富多彩的世界（包括自然、社会、人，生活、职业、家庭，自我、他人、群体，实践、交往、反思，学习、探究、创造，等等）和形成、实现自己的意愿，提供不同的路径和独特的视角，发现的方法和思维的策略，特有的运算符号和逻辑；提供一种唯有在这个学科的学习中才可能获得的经历和体验；提升独特的学科美的发现、欣赏和表达能力。"

学科教学价值观关系到每位教师对本门学科独特发展价值的认识。"新基础教育"研究对学科教学价值观的理解是从浅层次与深层次两方面进行阐述的。

从较浅层次来说，学科教学价值观主要指的是本学科自身发展的知识以及与其他学科的综合知识。需要强调的是，浅层次的学科教学价值观所提的知识是具有"生命态"的，它不是符号化的、固化的，而是能够与人产生互动的关系，从而使知识活化，并能够将抽象世界与学生的生活世界联系起来。这不仅是对教材及其他知识的激活，更是对学生思维的激活，从而促进学生的可持续发展。

从更深层次来说，学科教学育人价值的这种界定及其挖掘产生了多方面的意义。

一方面，学科育人价值观使得教师重新审视语文学科带给学生的独特发展价值。"新基础教育"语文教学改革首先回答的是语文有何特殊的育人价值，这一问题的解答涉及语文、语文知识和语文能力等概念的探究。

就"语文"来说，《义务教育语文课程标准（2011年版）》在"课程性质"中提出，"语文课程是一门学习语言文字运用的综合性、实践性课程。工具性与人文性的统一，是语文课程的基本特点。"从教育角度去理解，其逻辑起点是：语文课程的特殊之处是语言文字的学习和运用，语文课存在的必要意义就在于满足学生学习并运用母语的成长需求。就语文知识与语文能力来说，"语文素养是一个多维结构，包括以下要素：①知识层面：语言单位、语言规则、语言策略；②能力层面：语言的理性实践能力，即语言交流能力和语言思维能力；③心理层面：语言态度、语言体验、语言经验"。具体到学校的语文教学中，语文知识主要包括汉语知识和文学知识；语文能力主要指听、说、读、写能力的培养。

另一方面，学科育人价值观主张对语文教学不同层次的育人价值进行开发。

从语文教学内容角度来看，语文教学首先要"整体辨析语文类型，包括文体类型、主题类型、国别类型等"。就古诗词这一文体来说，它有着不同于小说、散文、文言文等文体的特殊育人价值。同时，古诗词就题材来说，有写景诗、爱国诗、咏史诗等多种主题，每一种主题都有其特殊的育人价值。其次，"深入理解文本的价值观和情感内涵"。就古诗词教学来说，古诗词涉及最多的就是意象，由意象提高、综合、扩展和丰富为意境，意境中又充盈着丰富而复杂的情景关系。比如七年级上册第四单元第四课"古代诗歌四首"中，李白所作的《闻王昌龄左迁龙标遥有此寄》一诗，前两句"杨花落尽子规啼，闻道龙标过五溪"中，借用"杨花""子规"这两种意象点明了诗人写作的时间，同时"子规"的哀鸣渲染了一种愁苦、感伤的氛围，为诗人抒发内心情感埋下了伏笔。最后，关注文本的语言表达方式，挖掘其对学生语言能力提高的训练点。就古诗词而言，在统编初中语文教材中，尤其是七年级的两册教材，大多数是写景抒情诗。因此，在古诗词教学中，要关注诗歌中景物描写对整首诗歌情感表达的作用。在李白的《闻王昌龄左迁龙标遥有此寄》中，后两句"我寄愁心与明月，随君直到夜郎西"将天上的明月拟人化，诗人李白将天上的明月当成传递给友人思念与关怀的信使，寄托自己对友人贬谪遭遇的同情。同时，李白的这首诗歌值得学生去结合写作背景进行扩写，进而训练学生的写作能力。

从教学方法与工具的角度来说，一方面，信息时代的到来使得文字和图像成为语文教学中使用较多的教学手段之一。但是在教师运用多媒体信息技术时，首先应该思考的是多媒体演示教学会不会束缚学生的想象，反而阻碍教学的顺利进行？教师应该如何运用多媒体深化语文课堂中的育人价值？另一方面，教师在教授新课之前所布置的预习任务同样存在着不可忽视的育人价值：第一，学生可以养成自主学习的良好习惯。在以往的课堂教学中，学生主要依赖于教师的口头传授，很难养成自主学习的习惯。因此，在新课讲授之前教师根据学生现有的学习水平布置一定的预习任务，学生自主查阅资料进行学习，能够充分发挥学生学习的主观能动性。第二，在自主查阅资料的过程中，各种信息扑面而来，这时学生就会对浏览的信息进行筛选，这一过程能够培养学生辨析和判断繁杂信息的能力。第三，将搜集到的资料进行整合，用自己的语言表达出来也是一种育人价值的表现。在这一过程中学生能够训练自己的口语表达能力以及逻辑思维能力。

3. 课堂教学过程价值观

从课堂教学过程价值观层次上来说，主要指的是"使学生努力学会不断地、从不同方面丰富自己的经验世界，努力学会实现个人的经验世界与社会共有的'精神文化世界'的沟通和富有创造性的转换；逐渐完成个人精神世界对社会共有精神财富富有个性化和创生性的占有；充分发挥人类创造的文化、科学对学生'主动、健康发展'的教育价值。"基于以上两个"精神世界"的转化关系，笔者从三个方面作出如下阐释。

第一，教学过程要丰富学生的经验世界，实现由社会公共知识到个人知识的转化。课堂教学主要以教材为载体，融合了小说、文言文、诗歌等多种文体的教学内容。这些语文教学内容对学生来说是外在的，也就是社会公共知识，教师需要帮助学生将其转化为个体知识。在此提到了"创造性的转换"一词，意味着这样的转化是符合学生成长发展需求的，是有积极能动的作用的。

第二，对社会知识的"个性化和创生性占有"意味着学生需要内化知识。"个性化"强调的是学生从公共知识中获取的内容是带有个性化特征的。因此，学校培养的不是千篇一律、模式化的学生。同时，学生对社会公共精神财富的转化是因人而异的，是具有个体差异的，这正是教学过程中非常重要的教学资源和教学果实。"创生性占有"强调学生能够在社会共有科学文化知识的学习过程中丰富自己的个性经验世界，并且能够从其中进行创造力的开发与培养，从而改变"知识是一味地灌输传送"这一教育观念。

第三，发挥知识的内在价值，促进学科价值与育人价值的融通共生。从学科价值走向育人价值意味着"人的发展"才是教育的最终归宿，同时也意味着通过学习知识，个体能够获得生成性的、可持续性的发展，这是发挥知识内在价值的结果。此外，学科价值与育人价值的融通共生才是实现知识价值的基本途径。从"双基论"到"三维目标"再到"语文学科核心素养"，学生发展目标的不断发展和完善旨在挖掘语文学科独特的育人价值，将学科价值与育人价值进行有机整合。

教学过程的本质也回避不了师生关系问题。教师在教学过程中不应把学生看作被动地接受知识的容器，学生是有生命感的人，教师在捕获知识"生命态"的同时要连接学生的精神世界。李政涛教授曾提出这样的观点，

"教学过程的本质是在特定的情境下教师与学生的交往活动"。一方面，教师通过在课堂教学中向学生传授人类文化与科学知识，充实学生的经验与精神世界；另一方面，"教师不仅要把学生看作'对象''主体'，还要看作是教学'资源'的重要构成和生成者"。学生在教学过程中对教学内容的种种回应会给教师新的教学启发，带来生成性的教学资源，从而影响教师的教学方式与教学理念等方面的改变。因此，教学过程是师生双方在互动反馈中获得不同程度发展的过程，是师生的交往过程。就教师角色而言，"教师在教学过程中的角色，不仅是知识的'呈现者'、对话的'提问者'、学习的'指导者'、学业的'评价者'、纪律的'管理者'，更重要的是课堂教学过程中呈现出信息的'重组者'"。以上三个层次对"育人价值"的理解都是基于学生立场的描述性定义，本文中所提到的"育人价值"就是从三个层次的价值观念结构出发去研究的。

二、初中语文古诗词教学与育人价值的关系

初中学生的发展有一定的特殊性，是教师进行古诗词育人价值开发研究不可忽视的重要组成部分。根据皮亚杰的认知发展理论，初中生正处于形式运算阶段，是其抽象思维和逻辑思维发展的最佳期，能对脱离现实的假想问题进行推论，同时思维有较大的灵活性。古诗词中由意象构成的意境氛围，需要初中生借助想象去完成对文学作品的感受，这是区别于小学阶段的积累背诵的。从记忆方面来说，青少年整体的记忆能力处于人生的最佳年龄阶段，在此阶段，对古诗词的背诵会更有效率。

同时，青少年创造力的发展也是其他成长阶段不可比拟的，他们的创造意识强烈，创造思维更加敏捷，创造热情也更高，还有更大的自觉性、主动性和有意性。此外，初中阶段的学生情绪感受性更强，情感体验也更深刻，容易产生共情。古诗词育人价值开发的一个重要方面就是在疏通文意的基础上，体验诗人的情感，通过写作来提升对古诗词的深度理解和品析能力，这是小学阶段的儿童在学习古诗词时欠缺的优势。因此，基于以上论述可以看出，初中古诗词教学的育人价值开发有其不可替代的意义，是值得去研究和探讨的。

（一）《义务教育语文课程标准（2011年版）》的要求

初中古诗词教学的育人价值研究与语文课程标准有着密切的联系。《义务教育语文课程标准（2011年版）》是对中小学阶段语文教学的总体规划和要求，是语文教师进行课堂教学的主要抓手。《义务教育语文课程标准（2011年版）》提出，"义务教育阶段的语文课程，应使学生初步学会运用祖国语言文字进行交流沟通，吸收古今中外优秀文化，提高思想文化修养，促进自身精神成长。"由此可见，古诗词作为中华传统文化的主要文学形式之一，对弘扬中华民族优秀传统文化有着不可替代的作用，对古诗词育人价值的挖掘也是《义务教育语文课程标准（2011年版）》的题中之义。

1. 增强学生的民族文化认同感

《义务教育语文课程标准（2011年版）》中提出，"语文课程对继承和弘扬中华民族优秀文化传统和革命传统，增强民族文化认同感，增强民族凝聚力和创造力，具有不可替代的优势。"古诗词属于中华民族优秀传统文化，其中蕴含的育人价值能够使学生在面对多元文化的冲击时坚持以本民族文化为本位，进而增强学生的文化自信和文化认同感。

《义务教育语文课程标准（2011年版）》还提出，"当今世界，经济全球化趋势日渐增强，现代科学和信息技术迅猛发展，新的交流媒介不断出现，给社会语言生活带来巨大变化，对中华民族优秀传统文化的继承，对语言文字运用的规范带来新的挑战。"从中可以看出，世界多元文化对中华优秀传统文化的传承带来了冲击和挑战。面对日益多样且交错复杂的图像信息，传统文化的主体地位需要得到强调。因此，古诗词作为中华传统文化的重要组成部分，应该成为学生学习传统文化的主要对象，从而在此过程中感受中华文化的博大精深。

"中华民族的思想内涵，以讲仁爱、重民本、守诚信、崇正义、尚和合、求大同等为表现，并集中体现在人文精神这一核心特质上"。在语文教材中，无论是文言文，还是古诗词，无不体现着中华优秀传统文化教育的重要性。古诗词作为中华民族独特的语言艺术形式，其背后蕴含着深厚的文化底蕴。中华民族人文精神在统编初中语文教材所选的课文中得到了较好的体现，例如边塞诗人岑参羁旅行役之余表达自己对国事的忧虑和战乱中人民百姓的关切之心；元代诗人马致远飘零天涯不能归家，孤独寂寞的游子之心等，这些都是需要学生用心感受和体验的。

2. 丰富学生的精神文化世界

"语文课程还应通过优秀文化的熏陶感染，促进学生和谐发展，使他们提高思想道德修养和审美情趣，逐步形成良好的个性和健全的人格。"由《义务教育语文课程标准（2011年版）》的"课程理念"我们可以得知，优秀文化教育是全面提高学生语文素养的主要途径，同时优秀文化教育能够充实和丰富学生的精神文化世界，促进其个性积极健康发展。传统文化教育是优秀文化教育的重要组成部分，对提高学生的语文核心素养非常重要，因此借助古诗词教学进行传统文化教育，接触更多文质兼美、意境悠远的古诗词佳作，不仅能更好地渗透传统文化，而且对学生语文能力的提升也能起到积极的促进作用。

（二）育人价值与古诗词教学密不可分

古诗词教学与育人价值是互相渗透，融为一体的。育人价值是古诗词教学的重要内容，其以"情感育人""审美育人""文化育人"促进学生人文素养的提升。此外，古诗词教学中的育人价值是语文学科育人价值的重要组成部分，是实现语文学科育人价值的有效途径。

1. 育人价值是古诗词教学的重要内容

古诗词教学的重要内容之一是"情感育人"，即丰富学生的情感世界，陶冶高尚情操，增强情感感受力与表达力。《毛诗大序》中所言："诗者，志之所之也。在心为志，发言为诗，情动于中而形于言，言之不足，故嗟叹之，嗟叹之不足，故咏歌之，咏歌之不足，不知手之舞之，足之蹈之也。情发于声，声成文谓之音。"诗人或词人将心中思绪吐露出来，形成于文字，有的或抒发于笔墨，有的或歌咏为音乐，无论以哪种形式呈现，都表达了诗人或词人最真挚的情感，是古诗词教学的主旋律之一。

古诗词教学还通过古典诗词中的语言美、韵律美、意象美和意境美提高学生的审美能力。古诗词教学的核心要素是意象与其创设的意境，而这也是中国传统古诗词最基本的美学特征。当读者去理解意象，体验意境的创设氛围时，是从语言的品读出发的。在古诗词学习过程中，学生不仅能够体会古诗词的意境美，还能在诗句中感受到语言文字的博大精深，感受到诗歌的语言美、韵律美，从而激发学生对汉语的学习欲望及对传统文化的兴趣。"文学是形象艺术中的语言艺术，而诗歌则是语言艺术的尖端，是最精粹的语言艺术"。诗歌以丰富的情感，深邃的意境，生动的形象，含蓄凝练、富有节奏感和音乐美的语言，成为人类文学形式的极致。

"文化育人"也是古诗词教学的重要内容之一。古典诗词具有经典性和历史性，其中蕴含着丰厚的传统文化底蕴，对学生提高自身人文素养具有不可替代的作用。古诗词不同于现代文的阅读，它的语言凝练但意味深远。因此，学生更应该在古诗词的学习中注重感知中国传统的文化精神和文化内容，回归文化的本源，同时使之在现代社会仍然能够继续传承下去。

2. 古诗词教学是实现语文学科育人价值的有效途径

语文学科育人价值除了包括本学科的系统知识，还囊括了更深层次的内涵：一是语文学科能够丰富学生的经验世界，帮助学生形成自己看问题的路径和视角；二是发现语文学科的独特美，发展和提升语文能力和语文素养。古诗词教学中的育人价值正是语文学科育人价值的重要内容。语文学科本身就承担着"以文化人"的重要任务，上述谈到古诗词教学中的"情感育人""审美育人"和"文化育人"，不仅是语文"以文化人"任务实现的内在驱动力，更是实现语文学科育人价值的有效途径。

第一，古典诗词选入教材之中，其最终目的是促进"人"的全面发展，提高学生的人文素养和语文学科核心素养。中学阶段的古诗词符合学生的成长发展规律，能够提高学生的理解力和感受力，促进学生情感与诗（词）人情感的融合，产生共鸣；学生能够体会到古典诗词所创设的意境之美，培养其审美意识；还能够感知传统文化精神，整体把握中国古代文学发展脉络。

第二，古诗词教学中蕴含的丰富育人价值能够有效促进语文"以文化人"教学任务的实现。于漪更是强调"语文课程对培育学生'情感力''思想力''创造力''文化理解力''自我反省力''社会批判力''学习力''发展力'等的意义"。因此，古诗词教学中的育人价值内容不仅能够增强学生对情感的感受与表达，还能够提高文化理解力，从而激发学生对传统文化的学习兴趣。与此同时，由于古诗词语言凝练，意境悠远，需要学生通过想象和联想再现意境，因此，古诗词育人价值的开发也能够对学生创造力的培养产生潜移默化的影响。由此可见，育人价值的充分开发不仅能够促进学生的全面健康发展，还能够有效促进语文学科育人价值的实现。

初中语文古诗词教学不仅是课程标准的要求，同时也是学生自我发展和成长的需求以及语文本质的要求。育人价值与古诗词教学密不可分，古诗词教学中育人价值的开发和挖掘是有重要的研究意义的。笔者在阐述初中语文古诗词教学与育人价值的关系后，针对统编初中语文教材中古诗词的选编情况进行了细致地分析，为分析教材中古诗词的育人价值内容奠定基础。

第二节　中国古代文学在语文教育中的育人价值内容分析

一、统编初中语文教材古诗词的选编分析

为了更加清晰地呈现统编初中语文教材中古诗词的选编情况，笔者从古诗词的数量、作者、朝代、体裁这四个方面进行了汇总，分析了统编初中语文教材古诗词的选文情况，对教材中古诗词编排情况的分析主要涉及课内古诗词和课外古诗词诵读两部分，强调了古诗词的整体编排情况和单篇古诗词所包含的内容。

（一）统编初中语文教材古诗词的选文情况

从数量上看，统编初中语文教材六册共计入古诗词篇数为88首，七至九年级古诗词的数量分别是29首、31首、28首，其中八年级的古诗词数量最多。总体上可以看出每个年级的古诗词选篇数量是比较均衡的。

从选入的诗（词）人看，统编初中语文教材共选入诗（词）人47位，其中以李白、杜甫的诗歌居多，可见

李白、杜甫的诗歌作品在统编初中语文教材中占有重要的地位。此外，李商隐、苏轼和辛弃疾的作品也有一定数量的收录。

从朝代上看，袁行霈先生在其《中国文学史》中提道："文学史的存在是客观的"，他将古代文学史按照先秦文学、秦汉文学、魏晋南北朝文学、隋唐五代文学、宋代文学、元代文学、明代文学、清代文学进行编写。统编初中语文教材古诗词的选文共涉及先秦、汉、魏晋南北朝、唐、宋、元、明、清八个文学发展阶段，从数据可以发现，统编初中语文六册教材选入的古诗词朝代跨度较大，几乎涵盖了整个中国古代文学发展史，但是各个朝代选取的古诗词篇数是较不均衡的，其中唐、宋选取的古诗词篇数在六册教材中占了较大的比重。唐宋的文学作品，尤其是古诗词，是中国古典文学发展史上非常重要的组成部分，对中学阶段学生文学素养的培养和成长发展有着独特的价值。

从体裁上看，麻守中先生曾经将中国古代诗歌体裁概括为"诗经体诗、楚辞体诗、赋体、古体诗、近体诗、词、散曲"七种体裁。统编初中语文教材古诗词选篇体裁丰富多样，诗经体诗、古体诗、近体诗、词、散曲均有收录。其中，六册教材中选入五言律诗、七言绝句、词这三种体裁所占比重较大。

（二）统编初中语文教材古诗词的编排情况

"'部编本'语文教材的结构是分单元组织教学，若干板块的内容穿插安排在各个单元之中。初中的结构是，每个单元都有阅读教学和写作教学，这是重头。每学期有三次综合性学习，两个名著导读，还有两个课外古诗词诵读"。统编初中语文教材的古诗词分为课内古诗词与课外古诗词，一般分布于第三单元和第六单元。课内古诗词收录在阅读教学模块中，与散文、文言文、现代诗歌、外国诗歌等混编在一起，比如统编七年级上册第一单元中把《春》《济南的冬天》《雨的四季》《古代诗歌四首》收录在"四季美景"主题中，组成了文白混编单元；统编八年级下册第六单元中将《庄子》二则、《礼记》二则、《马说》、《唐诗二首》收录在"情趣理趣"主题中，构成了古诗文单元。

从单篇课内古诗词来看，其内容包括预习提示、古诗词原文、注释、思考探究、积累拓展以及拓展资料六部分，有的古诗词附上了插图。就课外古诗词来说，每个学期有两个课外古诗词诵读，编排在第三单元和第六单元，数量是四首，其内容系统包括古诗词原文、注释以及赏析三部分。这样的编排符合学生的身心发展规律，不仅能够在学生学习古诗词时形成一定的学习结构，插图插画也使得古诗词的学习过程不枯燥，做到了图文并茂。

基于以上对统编初中语文教材中古诗词选编情况的梳理，笔者发现统编初中语文教材古诗词的主要选编特点是：选篇的数量较多，朝代跨度大，体裁多样，题材内容丰富；其编排采用分散编排的方式，同时单篇古诗词的编排也呈现出阶梯式分布。这有助于笔者接下来对统编初中语文教材古诗词中蕴含的育人价值内容进行深度且细致地分析。

二、统编初中语文教材古诗词的育人价值内容分析

从小学阶段开始，通过让学生直面经典，获得古诗词的熏陶和积累，可以陶冶学生的情操，训练他们的表达能力，丰富他们的思想，开启他们的智慧，增加他们的文化底蕴，提高他们的文学素养，使学生的精神文化世界更加丰富。①对于初中学生的成长与发展而言，诗歌成为一种特殊的成长资源。它的特殊之处主要表现在为学生带来了独特的情感资源、美的资源和文化资源。

（一）情思情感的体验

王国维在《人间词话》中谈到，"昔人论诗，有景语情语之别，不知一切景语皆情语也。"大多数人论诗，都认为景语和情语是有区别的，殊不知所有的景语是为了抒发情感，二者互融互通。在古典诗词的学习过程中，学生不仅能够丰富自我情感世界，陶冶高尚情操，还能够体味诗（词）人的人生态度和生命精神，从而产生对人生的哲理性思考，树立正确的人生观和价值观。此外，古典诗词题材丰富，表现手法多样，有助于学生提高情感表达力与感受力。

1. 丰富情感世界，陶冶高尚情操

少年期是自我意识和情感发展的"关键期"。在这一时期，学生的情绪情感逐渐内敛，内心的体验有所加深，出现"心境化"的体验，学生在学习古诗词的过程中所体会到的情感内涵能够较为深刻地影响到学生的情感发

---

①罗雄. 高等学校时代新人培育研究[D]. 湘潭：湘潭大学，2020.

展。在统编教材中，古典诗词的题材丰富，内容多样，对丰富学生的情感世界有着重要的意义。由此可见，古典诗词的育人价值在于将丰富的情感世界展现给学生，感受诗人在作品中的情感波动，从而丰富学生的情感世界。

在统编教材中，涉及家国情怀、羁旅行役、寄情山水等多种题材的古典诗词，对学生情感世界的丰富起到了潜移默化的作用。例如在七年级下册中，杜甫作《望岳》一诗描绘了泰山之高大巍峨及其秀丽之景色。这首诗歌在整体上描绘了泰山的近景和远景，展现了泰山的高大雄峻，诗人将泰山与远处小山作对比，表现了诗人不畏困难、勇于攀登的勇气，同时景物描写中融入了诗人对祖国山河的无限热爱与赞美之情。学生能够通过诗人对眼前之景的描绘，在自己的脑海中形成一定的画面，进而体验到大自然景色的神奇秀丽，感受杜甫对祖国山水的热爱与赞美，同时通过最后的"会当凌绝顶，一览众山小"感知诗人的博大胸怀。

初中学段相较于小学阶段来说，在古诗词的学习上逐渐从形象思维向抽象思维过渡。学生在学习古诗词的过程中，感知到的不仅是诗人所要表达的感情，还包括自我情感世界的更新与充实。虽然学生从未到过泰山，但从杜甫的笔下却体验到了泰山的巍峨壮丽，由此生发出对泰山的憧憬与对祖国大好河山的热爱。

由上述范例可以看出，"学生在教学活动中更多的是接受外界的情感刺激，并进而促使其内部情感的形成与发展。"也就是说，古典诗词的育人价值不仅在于对诗人情感的挖掘，还要将此情感内化为学生自我的情感，丰富学生的情感认知与情感层次，促进学生由低层次的语言文字感知向高层次的情感体验、陶冶情操过渡和转化。

2. 体悟人生哲理，塑造正确的人生观和价值观

根据埃里克森的人格发展阶段理论，"青春期是心理社会发展的第五阶段，主要任务是建立自我同一性和防止同一性混乱。"换句话来说，初中学段的学生处于世界观、人生观、价值观尚未建立或者尚未完全建立的阶段，在此阶段，教师的引导极为重要。古典诗词情感真实且丰富，能够带给学生更多的情感体验和对人生的感悟，笔者认为古典诗词育人价值的一个重要方面就是塑造学生的情感、态度和价值观，促进学生身心的健康发展。

在统编教材中，有一些古典诗词表现出浓厚的哲理趣味，值得学生去品味与体会，其育人价值就在于对诗（词）人的人生态度和价值观的学习和感知。如七年级下册王安石的《登飞来峰》在表现诗人远大政治抱负的同时，也体现了一定的人生哲理。全诗四句，前两句"飞来山上千寻塔，闻说鸡鸣见日升"借飞来峰上的古塔，运用典故，巧妙地将写景与抒情议论融为一体。后两句"不畏浮云遮望眼，自缘身在最高层"与苏轼"不识庐山真面目，只缘身在此山中"有异曲同工之妙，比喻人不能被眼前事物遮住眼睛，不能被假象所迷惑，要透过现象看本质。这首诗歌中展现的人生哲理不仅意蕴深厚，而且对初中学生形成正确的人生观、价值观也有很大的帮助和启示意义。

初中学段的学生在能够读懂古典诗词的深厚意蕴后，

教师可以逐渐提高语文学习能级，挖掘古典诗词中更深层次的育人价值，如情景理相融的、充满人生理趣的作品对学生高尚情操的陶冶。学生能够在这类的古诗词中体味到诗（词）人面对人生选择时的应对态度，会在潜移默化中影响学生的价值取向。

例如，八年级上册陶渊明的《饮酒（其五）》是情景理相融的佳作。"采菊东篱下，悠然见南山。山气日夕佳，飞鸟相与还"这四句诗在平淡中表现陶渊明的心境是不与尘世同流合污的。"此中有真意，欲辨已忘言"两句诗写出诗人在经过大自然的洗礼之后，心境重归平静，闲适悠然的田园生活才是自己真正的人生归宿。陶渊明志存高远，高洁淡然，在此诗中做到了情、景、理的统一，不仅有生活情趣，还富有人生理趣。

在这首诗歌中，学生初步体会到的是优美秀丽的田园美景与悠然自得的归隐生活。但是通过深入学习，学生会了解到诗人归隐的原因。从陶渊明自身的性格出发，学生可以学习陶渊明不慕名利、清高自傲的品质，这是诗人本身的人格魅力；从当时的时代背景中学生还可以感受到诗人在面临入世和出世的人生抉择时，毅然决然地做出了选择，这是诗人的人生态度。

因此，在古典诗词的学习中，需要教师挖掘的不仅是文学常识的育人价值，更多的应该是从学生立场出发，思考古诗词最终给学生带来的隐性引导力与影响力，最终达到共情的状态。古典诗词中蕴含的育人价值能够通过诗人传达出的情感影响学生，在潜移默化中引发学生对自我人生的思考。

3. 增强情感表达力

古典诗词中蕴含的情感内容多样，学生在感受理解的过程中，形成的仅仅是内在体验，需要在教师的引导下将这种内在体验转化为外部言语，即学生对诗（词）人情感与自我情感的表达过程，这也是古诗词学习中需要挖掘的重要育人价值，这种育人价值主要表现在以下两个方面。

第一，初中学段的学生正处于情感世界极为复杂和丰富的阶段，更愿意主动去与诗（词）人"对话"，感受诗（词）人的情感世界，并且能够真切地表达出来。抒情为主的诗篇往往是诗人在心中经过了长时间的积淀，在不得已或者适当的时刻爆发出来，对读者形成较大的心灵激荡。从小学阶段进入初中阶段之后，学生对古诗词的学习需要提升一个层次，能够由单纯的阅读文字转化到整体感知诗歌，从而将体会到的真情实感表达出来。

如九年级下册的《定风波》是苏轼在雨中归家时所作，全文由景生情，表现出词人开阔的胸襟和豁达的情怀。"回首向来萧瑟处，归去，也无风雨也无晴"成为千古佳句，苏轼虽屡遭贬谪，身陷囹圄，但却始终保持着开阔、豁达、不畏困难的倔强。这样融情于景的作品能够让学生在意境之中感受苏轼达观释然的人生态度，从而体会到词人情感的厚度与温度，丰富学生的认知。在此基础上，学生理解词人积极入世的人生态度，教师抓住这一契机，可以从古诗词意境的创设、语言的表达、情感的内涵、词人的人格魅力等多个方面，引导学生将其体味到的所有内容表述出来，从而将内在的体验转化为外在的口头表达，这也是丰富自身内心世界，提高表达能力的过程。

第二，在诗词文本中，情感的表达需要借助于具体的言语活动，而读者的阅读活动并不仅仅是对诗词文本的解读与学习，更应被看作是读者借由文本与作者进行对话的过程。作为一种对话，读者不仅要理解诗（词）人的意图和思想，还要在此基础上生成自己的认识与感悟，从而实现与诗（词）人在精神上的沟通与交流。韩雪屏认为"说话人或者作者在特定语境中要表达的意义信息为言语活动的起始；听话人与读者接受意义信息为言语活动的终端。"由此可见，古典诗词的学习是一个双向过程，学生在学习古诗词的过程中，不仅能够接收诗（词）人在作品中所表达的感情，增强对作品情感的感受能力，还能够引发学生对古典诗词的思考，即学生自我情感的表达。

例如在统编教材中，有些古典诗词"取物象征"，更含蓄地表现诗（词）人的情志。诗（词）人试图将自己内心的真实情思投射到外界具体可感的事物之上，从而建立起隐秘的联系。学生通过物象的象征意义理解诗（词）人想要表现的内心世界，再结合诗（词）人的生平经历和作品的写作背景，会产生关于该首古典诗词的思考，学生对该首古典诗词产生的自我情感的表达是古典诗词教学中需要着重开发的又一育人价值。八年级下册中陆游《卜算子·咏梅》取梅花象征自我的高洁人格和铮铮傲骨。"驿外断桥边，寂寞开无主。已是黄昏独自愁，更著风和雨。无意苦争春，一任群芳妒。零落成泥碾作尘，只有香如故。"

这篇词作中陆游将自己的遭遇附着于梅花，独自开放的梅花暗示着词人在现实生活中的孤独寂寞，"更著风和雨"表现出词人在政治生活中的屡屡挫败，但是词人仍然在想"零落成泥碾作尘，只有香如故"，揭示出词人咏梅时所寄托的高洁人格特征。学生在这首词作中能够通过"梅花"这一意象感受到词人陆游在物我合一中所传达出来的孤独寂寞和清真绝俗。唐圭璋先生曾说："东坡、放翁，固皆忠忱郁勃，念念不忘君国之人也"。学生再结合词人的生平经历就能更深入地感受到词人在作品中凸显的爱国情怀，教师顺势激发学生瞬间的感动，引导学生联系现实生活中的爱国人物，将学生自身对这首诗词的情感与联系生活体验而产生的爱国情怀表达出来，或口头阐述，或跃然于纸上。

（二）审美观念与能力的培养

诗（词）人是善于观察和思考的，诗美有的挖掘于自然，由眼前之景生发出心中之情，留下令人寻味的美好画面，有的则来源于社会人生，诗（词）人看遍人生百态，赋予万物灵魂和生命。诗歌被赋予美的意境、美的情感，众多的因素造就了诗美。学生在古典诗词的美感世界中能够培养自身的审美观念，增强学生发现美的意识，并在此基础上，学生可以通过情感美的体验培养审美感受力，通过意境美的感知培养审美鉴赏力，进而提高创造美的能力。

1. 培养审美观念

初中阶段的学生正处于审美观念发展不稳定的时期，

即在这一阶段"存在一种动摇不定的状态"。因此教师需要引导学生跨越这个动态变化的时期，更新其审美观念，培养学生发现美的意识，从而提升学生的审美趣味。古诗词的学习作为一种典型的审美实践活动，其中蕴藏着显性的和隐性的美感，是值得学生体验和感知的。

在统编教材中，学生通过古典诗词的诵读能够获得关于审美的启示和感悟。比如关于自然美的，七年级上册韩愈的《晚春》中，"草树知春不久归，百般红紫斗芳菲"直接表现诗人的审美观点，即草木留春，万紫千红的晚春美景；比如关于社会美的，八年级上册朱敦儒的《相见欢·金陵城上西楼》中，"中原乱，簪缨散，几时收?"表现词人的爱国情怀与亡国之痛。此外，在学习古典诗词的过程中，经常联系前后所学的文学作品，学生能够发现散落在教材中的审美对象，发现其中隐藏的美感，对学生培养发现美的意识和正确的审美观念大有裨益。

2. 提升审美能力

古典诗词的育人价值不仅在于培养学生正确的审美观念，培养学生发现美的意识，还能够在此基础上提高学生的审美能力，主要包括提升学生感受美、鉴赏美、感知美的能力。

（1）在情感美中培养审美感受力

刘勰在《文心雕龙·情采》中提到，"昔诗人什篇，为情而造文"。情感是诗歌的内在基因和特质，诗歌的美因为诗情的存在才更加丰富和充盈。"审美情感是客体和主体的关系在心理上的反映，是诗人感情世界中最为活跃、强烈的高级情感"。古典诗词中的情感多样化、复杂化，学生在树立正确的审美观念的前提下，带着感情去体会诗（词）人所要表达的心境，能够在其中促进自身审美感受力的发展。

例如在统编九年级下册中，辛弃疾的一首《南乡子·登京口北固亭有怀》感人至深，其中蕴含的爱国之情与学生的心理发展相契合，能够形成情感上的共鸣。

梁启超论稼轩之词时曾言，辛弃疾是个爱国军人，满腔义愤，都拿词来发泄。词人在北固山上眺望中原，千百年的国家兴亡，不知经历了多少变幻？"悠悠，不尽长江滚滚流"，词人心中无限感慨，面对如此秀丽的山河景色，词人却无暇欣赏，心心念念的是风雨飘零的国家。词作中表现了词人对国家的忠贞不渝，这正与学生心灵世界相契合，能够激发学生强烈的爱国情感。这类的古典诗词中饱含着诗（词）人对社会人生的感悟，才会形成于外在的语言文字，只有了解其内容，代入自身的情感去进行审美认知活动，才能够激发学生的审美语感和通感。

（2）在意境美中培养审美鉴赏力

意境是诗歌最基本的美学范畴。"意境说"在中国古代文学史上由来已久，虽"意境说"不限于中国古诗词这一种文体，但是意境在诗歌美学史上却是不可避免的讨论内容。意境是诗（词）人赋予外界事物以生命，即客体被附上主体的意识和思绪，甚至出现主客体融为一体的局面。学生通过感知古典诗词中的意境美，在古诗词审美过程中整体领悟其创设的境界，从而能够提高其审美想象力和审美创造力，涵养自身的文化气质。

意境囊括了诗（词）人自身心绪与外界事物以及诗中意象与读者的联系、互动、对话的艺术创造过程，从而创造出富有感染力的艺术境界。意境之美不仅是诗（词）人之境界、诗（词）中之境界，还有读者之境界。

以唐诗为例，如雄浑壮美之意境，八年级上册王维的《使至塞上》虽是一首边塞诗，诗人屡遭排斥，官场失利，却在大漠的奇景中使自身的心灵得到了净化。"大漠孤烟直，长河落日圆"两句诗抓住大漠、孤烟、长河、落日等意象的特征，诗人的心境同大漠的绮丽景观相融，少了些孤寂凄凉的心绪，多了些雄浑的气度。学生置身于诗人的意境中，并将意境美与学生的自我想象联系起来，学生体会到的这种美的意境，不仅是诗人所感染的，还是自我思维和想象力发散的结果。

在古典诗词的学习中，对学生审美想象力的培养是非常有意义的。"审美想象是审美移情的深刻化，是情感的物化。"也就是说，学生在审美观念的引导下，充分调动自我的审美经验，融入主观情感，发现、补充和丰富古典诗词中的意象，赋予其鲜活的生命力，从而激发学生的审美想象。只有学生的审美想象力丰富，将古典诗词的艺术美与现实结合起来，在学习中形成自觉加以比较、融合和再造想象的习惯，才能够进入审美鉴赏的阶段。

（3）在语言美中培养审美感知力

古典诗词优美灵动的语言是其艺术美的特色之一。初中学生处于创造力迅速发展的关键期，在古诗词的语言美中培养其审美感知力是古典诗词的又一育人价值。统编初中语文教材中选入的古诗词大多数是情境交融类的作品，能够使学生在含蓄精炼的语言中感受古典诗词的美，从而丰富学生的审美认知，提升审美感知力。如七年级下册韩愈的《晚春》描绘了暮春时节的自然之色；八年级上册白居易的《钱塘湖春行》中，"几处早莺争暖树"营造出春天的温暖氛围；九年级上册秦观的《行香子·树绕村庄》全词写景，语言朴素却不失清新，表现出大自然的美好舒适。

（三）古典文化的熏陶

古诗词作为中国传统文化的主要文学形式之一，是中国文人精神气质的体现，也是当时历史发展情况的反映。古典诗词是古代文人心灵世界的展现，是当时社会发展催化下衍生的结果。学生能够在古典诗词中受到古典文化精神的陶冶，感知那来自千年之前的人性世界；还能够体味古典诗词的文化意味，增强自我的传统文化意识。

古典诗词中蕴含着古代文人的文化精神，借用胡晓明教授的观点，"中国文化做梦做得最深最美的地方，就是古今相通的人性精神"。在统编初中语文教材中，选入的古诗词能够让学生在古今相通的人性精神中体会到尽情、尽心、尽气、尽才的文化精髓。学生在学习古诗词的过程中接收到的不仅是文化常识，更多的是对古典诗词文化精神与文化内涵的体验与感知。在笔者看来，丰厚的文化底蕴是古典诗词不可忽视的育人价值内容。

从文化心灵的角度看，古典诗词的文化精神主要体现在极大的包容性上——尽情、尽心、尽气、尽才。所谓尽情、尽心，是指古典诗词中蕴含着包容性极强的诗（词）人情怀，并且体现了"人心与人心的相通，人性与人性的照面"，所谓尽气、尽才，是指古代文人积极进取、蓬勃向上的生命精神。

初中阶段的学生理解能力、感知能力较强，因此，充分挖掘古诗词中的文化精神，使得学生受到古典文化的熏陶，是其重要的育人价值内容。以唐诗为例，李白与杜甫的诗作都能深刻体现出中国古代的文化精神，可谓一个是天的精神，一个是大地的精神。统编教材中，选入了李白的《闻王昌龄左迁龙标遥有此寄》《峨眉山月歌》《春夜洛城闻笛》《渡荆门送别》《送友人》以及《行路难·其一》，这六首诗歌充分体现了李白对生命的透析与体悟；选入杜甫的《江南逢李龟年》《望岳》《春望》《月夜》《茅屋为秋风所破歌》《月夜忆舍弟》，这六首诗歌展现了杜甫对民众的关切和对国家的忧思。

例如在九年级上册李白的《行路难·其一》中，"欲渡黄河冰塞川，将登太行雪满山"这两句诗，不仅在读者面前呈现出宏大壮阔之景，学生还能够在其中体会到诗人李白在人生道路上遇到的阻碍与打击。同时借用姜尚和伊尹乘船闲钓的故事来表达自己不被当朝者重用，而被"赐金放还"的愤懑。但是，李白最终选择与社会和自己"和解""长风破浪会有时，直挂云帆济沧海"，仍然豁达乐观地面对人生。在这首诗歌中，开阔的意境，典故的运用往往成为教学的重点，但是这首诗歌背后还隐喻着诗人的生命态度及其豁然开朗的人生情怀，笔者认为，这才是学生应该在古典诗词中感悟到的文化精神，这意味着李白的诗歌能够使学生在体味其人生态度与情怀的基础上，感知中国文人积极进取、蓬勃向上的生命精神。

又如在八年级下册杜甫的《茅屋为秋风所破歌》中，表现了诗人心系国家、心系天下黎民百姓的伟大胸怀。杜甫经历过盛唐的繁荣、中唐的没落以及晚唐的衰败，杜甫的生命节奏连通着国家的生命节奏。"安得广厦千万间，大庇天下寒士俱欢颜"将杜甫忧国忧民的思想体现到了极致。许多学者认为，杜甫的诗歌体现了唐代尽情、尽心的文化精神，笔者认为这也是学生需要在古诗词的学习过程中感知到的。这种文化精神对学生的影响是隐性的、感性的。因此，学生在古典诗词中受到的文化熏陶是很难用语言表达出来的，在某一个契机或许就能够激发起瞬间的触动。

古典诗词起于人心，始于人生。大多数的诗词是古代文人精神生活中蕴含的思想与感受的体现，是代代相承的传统，更是诗（词）人在出世与入世的矛盾中产生的文化回响。苏轼的词作就是积极入世的典型代表。

如在九年级上册中，苏轼的一首《水调歌头·明月几时有》便将宋词的文化精神充分展现出来。苏轼的这首词表面上是在思念亲人，实则还有更深刻的意味。学生结合苏轼的人生经历能够感受到诗人当时被贬谪，辗转各地为官，在出世与入世中纠结矛盾，最终还是回归现实，乐观旷达地看待人生际遇的心路历程。因此，学生在此词作中体会到的不仅是苏轼对亲人的思念，还有对人生选择的思索。笔者认为，后者是学生在苏轼的作品中需要重点关注的内容。在宋词中，展现出来的不仅是词人想让读者能够直接感受到的情感，还有其背后隐喻的文化底蕴，这是需要着重去挖掘和感知的。

以读者之心应古人之心。古典诗词的育人价值就在于透过语言文字，感知诗（词）人的心灵世界。"以心感心，心心相通"。只有如此，中国古代文学中展现的文化精神才能够成为学生精神生活的一部分。

古诗词中蕴含丰富的情感、审美、文化价值，是初中阶段的学生培养文学气质的重要内容。统编初中语文教材选入的古诗词育人价值内蕴深厚，每一首古诗词都值得深入体会和品味，这些古诗词也正是以"人的发展"的立场编入的。统编初中语文六册教材中的古诗词选篇含有深厚和丰富的育人价值，在实际的古诗词教学中教师能否将这些育人价值内容尽可能地开发出来，学生是否能够获得生成性发展，还值得继续研究和深入探讨。

第三节　中国古代文学教学育人价值开发的现状调查与分析

为了解当前初中语文课堂教学中古诗词育人价值的开发现状，笔者在大量阅读文献以及进行相关深入分析的基础上，设计了相关的问卷调查提纲和访谈调查提纲，把实际教学中的情况与相关理论研究结合起来，更加深入地剖析问题的源头，提出有针对性、可操作性的教学建议。

一、初中语文古诗词教学育人价值开发的现状调查情况

本次的调查对象是某市实验中学的 300 名学生及 15 位教师。调查分为问卷调查和访谈调查，从教师和学生两个角度进行调查，使得调查情况更加客观全面。调查问卷共涉及 14 个问题，全部为选择题，分为古诗词学习兴趣、古诗词学习方式、古诗词学习感受和教师教学反映四个维度；访谈调查提纲设置 5 个问题，全部为开放性问题，分为对"新基础教育"育人价值理念的了解、对实际教学中育人价值和古诗词教学内容的理解、在古诗词教学中进行育人价值开发的方法三个维度。学生调查问卷发放 300 份，收回 298 份，有效问卷共 285 份。

（一）基于学生的问卷调查分析

本次分析的数据是某市实验中学 285 份调查问卷，其中包括 14 个统计量，运用 spss17.0 共输入问卷数据 285 个，有效数据为 285 个，无效数据 0 个。

1. 学生对古诗词的学习兴趣

根据数据显示，47.4% 的学生喜欢古诗词，37.5% 的学生不喜欢古诗词，15.1% 的学生并未表态，由此可见，大部分的学生对古诗词是有学习兴趣和学习欲望的，并且 51.6% 的学生表示，相较于学习其他的课文，在学习古诗词时注意力会更集中，45.3% 的学生在回答"你现在对古诗词的学习态度"这一问题时，倾向于主动学习的态度。但是，在回答"你会在平时的课外时间背诵或

者学习古诗词吗？"这一问题时，34.4%的学生表示经常会，37.9%的学生表示有时会，27.7%的学生明确表示一般不会。从这四项数据中我们可以看出，绝大部分的学生学习古诗词的热情较高，对古诗词的学习也比较重视，但是在利用课外时间学习古诗词这一方面存在着些许差异，可见古诗词在教学中并未突显出其独特性。

2. 古诗词的学习方式

根据数据显示，70.9%的学生会在学习古诗词之前进行预习，主要内容是背诵记忆，20.4%的学生表示偶尔预习，只是看看内容，8.7%的学生从不预习。由此可见，绝大部分学生对古诗词的预习内容仅仅限于背诵和记忆，并不会自主学习古诗词的主要内容。61.8%的学生记忆古诗词的方式是死记硬背，25.6%的学生选择多读多诵，只有12.6%的学生才会选择在理解的基础上背诵。由此可见，大部分学生背诵古诗词的方式比较受限。在回答"你现在学习古诗词的主要方式是什么？"这一问题时，66.3%的学生表示以教师课堂讲解为主。数据可见，虽然学生喜欢学习古诗词，表现出极高的学习热情，但是学生学习古诗词的方式较为单一。

3. 古诗词的学习感受

根据数据显示，48%的学生在学习完一首古诗词后表示没有太大的感受，26%的学生认为自己会沉浸在诗歌的意境之中，26%的学生表示自己能体会到诗人所表达的感情。在学习完一首古诗词之后，绝大部分学生只是将老师所讲的知识点记录下来。在学习完一首古诗词后，只有17.2%的学生会产生创作欲，82.8%的学生选择将听讲内容记录在课本或者笔记上。68.8%的学生认为，学习古诗词的主要目的是在考试中不出错，不失分，这就是学习古诗词的最大收获，29.1的学生能够感受到古典诗词的艺术魅力，2.1%的学生会与诗人的心灵世界产生情感共鸣。由此可见，大部分的学生认为，学习古诗词是为了在考试中保证"古诗词默写与填空"的固定题型可以得满分，却忽视了古典诗词本身的艺术魅力。

4. 教师教学效果反映

根据数据显示，57.2%的学生认为，老师讲解古诗词的教学内容主要为：介绍诗人、写作背景、翻译诗句、说明诗歌表达的感情；33.7%的学生表示老师会讲解包括介绍诗人写作背景、意象的含义、诗歌表达的感情等内容；9.1%的学生认为老师会讲解介绍诗人、写作背景、意象构成的意境特点、诗歌表达的感情、赏析诗歌的方法等内容。在提及"老师经常用哪几种教学方法教授古诗词"这一问题时，选择讲授教学法、问题教学法和讨论教学法的分别有24.9%、22.1%和26.3%，其中选择讨论教学法的学生相对较多。但是，只有26.7%的学生喜欢目前教师的教学方式，49.8%的学生表示对教师的教学方式谈不上喜欢或者不喜欢。37.2%的学生倾向于互动式教学，34.2%的学生喜欢探究式教学，28.6%的学生表示自己更喜欢启发式教学。由上述数据能够从学生角度较为客观地反映教师的教学效果。一方面，教师的教学内容不够丰富，另一方面教师的教学方式不够多元化，尚未达到吸引学生主动学习古诗词的水平。

（二）基于教师的访谈调查分析

为了更加深入地了解当前教师对古诗词教学育人价值的开发情况，笔者设置了5个问题，具体访谈结果分为以下三个维度。

1. 教师对育人价值的了解情况

在接受访谈的15位教师中，他们对育人价值的看法有着相似之处，都认为在古诗词教学中开发育人价值是非常必要的，古诗词不仅能够使学生学习到文化知识，还能促进其良好发展。而当问及教师对"新基础教育"研究的育人价值理念是否了解时，大多数教师表示并不清楚"新基础教育"研究是什么，对其理念也没有听过。还有几位教师将"新基础教育"研究理解为基础教育课程改革，对"育人价值"的理解也是根据自己的教学经验来回答的。

2. 教师对古诗词教学育人价值的理解情况

在关于古诗词教学育人价值的访谈中，大多数教师也是一知半解，将古诗词的育人价值理解为三维目标中的"情感态度与价值观"目标，少部分教师能够意识到古诗词的育人价值在根本上是为了促进学生的发展。[①]笔者进一步从教学内容的角度询问教师认为古诗词的教学内容哪些最能打动人，传递给学生的应该是哪些内容以及对于教材中的古诗词是否能全面把握，教师们表示，诗（词）人的人格魅力以及古诗词的语言、意境之美是最能打动人心的，但是大多数教师认为传递给学生的内

---

① 黎晓雯. 初中古诗词教学策略探究[D]. 南昌：江西科技师范大学，2021.

容应该包括：学会背诵默写，能够理解诗意，了解诗人表达的情感内容以及诗歌鉴赏方法。在问及对教材中的古诗词是否能够全面把握时，许多教师表示，备课时主要参考教师用书并且借助之前的教学经验，有些常识性知识自己掌握不好，会在上课前提前上网查阅相关资料，记录下来，以便在课堂上讲给学生。

3. 古诗词教学育人价值开发的方法

在关于古诗词教学育人价值开发策略的调查中，大多数教师提到最多的是举办朗诵比赛，传统文化的氛围浓厚。组织全体语文教师编写《百诗百联》校本教材，并在全校举办"百诗百联诵读活动"，但笔者通过翻阅《百诗百联》发现，其中收录的古诗词较难理解，不符合学生的认知水平，与统编初中语文教材也缺少衔接。笔者进一步询问教师在课内如何开发古诗词育人价值，教师们表示，他们将古诗词课仅当作教学常规课来上，很少将育人价值单独作为一个教学目标，并且在课堂教学中很少思考古诗词的育人价值。因为对古诗词的考查仅限于平时的测验和正式考试，题型也相对固定，学生们只要能够默写正确，学会鉴赏诗歌的答题模板就能够获得高分。

二、初中语文古诗词教学育人价值开发的问题分析

从调查结果中可以发现，学生对古诗词的学习兴趣较高，同时教师也认识到古诗词中蕴含着丰富的育人价值，值得教育者去挖掘。但是笔者也在关于初中语文古诗词教学现状的调查研究中发现，无论是学生的学习方

面还是教师的教学方面都存在着一些问题。

（一）学生学习古诗词时存在的问题

笔者在调查中发现，学生在学习古诗词时主要存在两个方面的问题，一是古诗词学习方式较为生硬、单一；二是对古诗词内容的理解不深。笔者结合实际教学经验，对学生学习古诗词时出现的上述问题及其原因进行阐述。

1. 古诗词学习方式较为生硬、单一

虽然学生对古诗词的学习热情高涨，但是在学习方式上较为单一，背诵成为学生学习古诗词的主要方式。在调查中也发现，大多数学生认为，古诗词的默写与填空是考试的必考内容，因此学生对古诗词的学习热情并非因为古诗词带来的特别体验和感受；在教师的访谈中，教师也提到，学生目前在古诗词的学习方面缺乏一定的情感体验，学生只是机械地将教师所讲的古诗词题材和表现手法以及情感表达内容记录在课本上，其余时间则用来记忆和背诵，学习方式的单一化和刻板化使得学生无法深入理解和品味古诗词的深层意义。

学生之所以学习方式僵化单一，有许多内在和外在的原因。

第一，古诗词的创作年代久远。如果学生不具备充分的历史文化知识以及古诗词基本常识，理解古诗词就会产生一定的难度。换句话说，学生在学习古诗词时只是理解了它的表面含义，其深层的文化底蕴却遥不可及。

第二，关于古诗词学习的参考资料较少。虽然现在关于古诗词鉴赏的书籍非常多，学生也能够借助这些书籍通俗易懂地理解古诗词的释义，但是这些赏析类的书籍仅仅是学者主观的鉴赏观点，因此这类书籍的参考价值并不大。而诗学、词学这类的著作，对学生来说太过深奥，超出了学生的认知水平。总的来说，古诗词学习方面的相关资料较为缺乏，不足以帮助学生更好地理解古诗词的人文底蕴。

此外，学生缺乏教师的良好指导。在课堂教学中，教师往往注重的是这首诗词讲解得是否透彻、全面，却忽视了对学生学习方式的引导。在实际教学中，教师很少结合学生对古诗词学习的兴趣点，使得学生对古诗词的学习层级并未提高，仍然停留在背诵记忆的初级阶段。

2. 对古诗词内容理解不够深入

虽然学生背诵古诗词的热情较高，但由于单一学习方式的限制，学生对古诗词的理解并不深入。古典诗词作为中国传统文化的重要组成部分，对学生增强人文底蕴、培养文学气质来说起到重要的基础作用。但是在实际教学中，学生对古诗词的理解程度较为浅显，主要表现在两个方面：其一是学生无法真正沉浸在诗词的意境中，难以跳脱现实世界的束缚；另一方面学生对古诗词的文化意义并不关注，因此学生很少意识到学习古典诗词的价值是什么。

一方面，目前对古诗词的考查方式主要有两种：名句默写和诗歌赏析，一个是陈述性知识的考查，一个是程序性知识的考查。就学生的发展需要来说，初中阶段的学生在情感方面变得日益丰富起来，需要更加多元化的评价方式，而教师在课堂上主要讲授的是鉴赏古诗词的方法与步骤，例如笔者在听课时，某位教师便以一首古诗词为例进行鉴赏方法总结：指明写法→阐释句意→归纳效果。这样的教学内容对学生考试的帮助毋庸置疑，但是造成了教师在面对古诗词教学时，关注的重点在于如何通过教材中的古诗词学习使学生在考试中得到高分，忽视了学生对古诗词本身的理解。

另一方面，教师的授课方式较为单一，一般以诗人与写作背景介绍，解析题目，翻译诗歌，分析意象以及情感表达方式为主要的教学模式，忽略情景关系的融合，学生体验不到意象所构成的意境美与情感美，并且在教师的访谈中，许多教师反映在古诗词教学的课堂中很难进行教学方法和教学方式的创新。

（二）教师教授古诗词时存在的问题

笔者在访谈中发现，教师在进行古诗词教学时很少关注学生立场，同时古诗词教学内容不够丰富，并且只限于课堂之上，忽视课内外古诗词学习的衔接。

1. 教师缺乏学生立场

大部分教师认为古诗词中含有丰富的育人价值内容，但对其了解得并不深入，同时就古诗词来说，一些教师认为通过古诗词所挖掘出来的育人价值主要指的是文化知识的学习，这显然将育人价值的范围缩小了。在实际教学设计中，教师的教案也比较随意，甚至在课堂上信手拈来。学生的参与极少，语文课堂变成了教师一个人的"表演"；教师很少会从学情出发，部分的教学内容也会超越学生的认知水平。

教师对古诗词育人价值认识不深刻，是造成教师缺乏学生立场的主要原因。

第一，教师仍然受到传统教学观念影响，对育人价值的认识存在严重的偏差。在访谈中，许多教师能够意识到古诗词蕴含着丰富的艺术魅力，也能够意识到在古诗词教学中进行育人价值开发是非常重要的，但是在实际教学中却仍然以应试教育为导向。笔者在实习过程中发现，在七年级的早读中，学生大多数时间在背诵古诗文，学生需要在还未真正学习和理解古诗词的前提下进行自行背诵和默写。有的学生甚至连诗人的名字都不会读，更别谈对诗歌的理解了，在这种情况下学生学习主体的地位就被剥夺。同时一些教师也很少考虑学情，盲目地让学生进行记忆和背诵，仍然有传统教学中"满堂灌"教学方式的影子。

第二，教师缺乏足够的教育理论和教育观念的指导。"一名专业教师，不仅要掌握扎实的专业知识，而且更要具有深厚的教育基础理论和教学技能"。在实际教学中，教师的培训大多是在校内听本校教师的公开课，教师的教学视野受到限制，对古诗词课堂教学的创新就很难实现。对于古诗词教学来说，学生在学习活动中的主体地位不容忽视。古典诗词教学虽然注重基本文学知识的学习，但是更应该注重学生的体验感及学生发展可能性绽放的过程。

2. 古诗词教学内容较为单一

教师虽然能够认识到古诗词教学内容的丰富性，但是在实际教学中，教师没有精心进行教学设计，在教学环节中也体现不出教师对古诗词育人价值的挖掘与利用。从对教师访谈调查中能够得知，一些教师的教育观念与实际的教学行为和教学实践存在脱节现象。他们认为古诗词教学最基本的目标是背诵默写，了解表现手法，学会鉴赏诗歌。这样的教学内容是不够充分的，学生在这样的教学环境中也很难体会到古典诗词的艺术魅力。

造成古诗词教学内容单一的因素有很多，笔者主要归纳了两个方面。

第一，教师在古诗词教学设计时主要依赖教学参考书。教学参考书是教师进行教学设计的借鉴资料，但是其主观性极大。同时，一些教师对《义务教育语文课程标准（2011年版）》的研读不够，对古诗词教学的要求没有完全理解。教师在进行古诗词教学内容的选择与建构时，可运用的教学资源并不多，因此教师过度依赖教学参考书是语文教学中的主要现象。这就造成了教师教学内容单一的问题。

对学生古诗词学习成果的评价方式较为单一化也是造成古诗词教学内容单一的因素之一。在考试中，古诗词的考查只出现在名句默写以及诗歌鉴赏题中，而且所占比重不大。笔者在实习过程中，发现实验中学发起了"百诗百联诵读活动"，并且编制了实验中学版的《百诗百联》，这一教学活动的设计很大程度上改变了古诗词只能在课堂中学习的现象。但是，这一教学活动的开展仍然是以学生的自主背诵为主，学生在不理解诗意、缺少教师指导的情况下盲目背诵。在调查中也发现，《百诗百联》只在期末考试时以名句默写的形式进行考查，反而增加了学生的学习负担，并未起到丰富古诗词评价方式与教师教学内容的作用。

3. 忽视古诗词课内外衔接

教师在教授古诗词时存在的另一问题是忽视古诗词课内外衔接。大多数教师认为，古典诗词这类文体很难像戏剧、小说一样，可以有多样的教学方式能够将古典诗词的学习延伸至课堂之外。从访谈结果中也可以看出，教师在古诗词教学时考虑的最主要的因素是学生对诗歌语言和情感的感知，但是在古诗词育人价值的开发中却未想到将古典诗词的学习延伸到课外。同时，在谈及古诗词教学的难点时，很多教师反映古典诗词的意境很难在课堂之中展现出来，以至于教师的讲解不够深入，学生的理解不够透彻。

造成这一问题的原因主要有两个方面。首先，从教学课时方面来说，语文教师除了按部就班地完成教学进度之外，其余的教学时间都被读书笔记、随笔、听写本等作业的批阅占用，几乎没有多余的时间走出课堂，从大自然或者文化古迹中感受古典诗词的魅力，导致学生无法深入感受浓厚的古典文化。其次，从教师自身来说，大多数的教师不敢进行创新性的教学，不敢突破自己的"教学舒适区"，这也是受到"应试教育"的影响，同时，教师对于"怎么教"有一种不确定性，因此只能跟着集体备课的思路或者参考教师用书来进行教学。

综上所述，虽然学生学习古诗词兴趣较大，教师能够意识到古典诗词蕴含的育人价值，但是由于古诗词自身难度和学生认知水平的局限性，学生学习古典诗词的方式较为单一和僵化；受到教师讲授方式的影响，学生对古典诗词的理解不够深刻。另外，教师较少关注学生立场下的古诗词教学，教学内容较为单一以及忽视古诗词课内外的衔接等问题也较为明显。因此，初中语文古诗词育人价值亟待充分开发，在此基础上探讨可供教师参考的古诗词育人价值开发策略，是本文下一步着重解决的问题。

第四节　中国古代文学在语文教育中的育人价值的开发策略

通过对初中语文古诗词教学育人价值开发的现状及其问题分析，笔者发现在实际教学中，古诗词教学的育人价值有着巨大的开发空间，这不仅得益于理论的研究，还包括对调查研究结果以及实际案例的分析。为使教师和学生在古诗词这一文体的学习中获得生成性发展，笔者主要致力于从教学目标、教学过程、教学反思以及课外活动四个方面提出了"育人价值"视野下的古诗词教学策略。

一、精心设计教学目标，增强育人价值意识

教师在进行古诗词教学目标设计时，需站在学生立场上考量，这不仅能够增强教师的育人价值意识，还能深入地认识和了解学生。笔者以学情分析为基础，从整体教学规划设计、递进长程阶段目标设计和具体目标设计三个方面进行教学策略研讨。

（一）学情分析是教学目标设计的前提

教师进行教学目标设计时需要考虑的重要因素之一

是学情分析。吴亚萍和王芳合著的《备课的变革》一书中提到，有的教师在进行教学目标设计时虽然包括对学生状态的分析，但却比较抽象，并未具体分析每一类学生在面临新的教学内容时，"他们已经具备了怎样的知识结构，他们可能遇到什么困难与障碍"，因此教师需要建立"具体个人"的教学意识。从"抽象个人"转化到"具体个人"。针对学生在课前、课中和课后的真实状态，吴亚萍教授提出了对学生前在状态和潜在状态的分析，这也是教学目标设计的前提条件。

1. 学生前在状态分析

学生的前在状态是指"学生进入教学活动之前的真实状态"，比如学生已有的知识、个体经验和个体之间的差异等。

在以往的教学中，教师在进行学生状态分析时往往只关注学生已有知识的掌握情况，将其作为唯一且重要的教学依据，实际上却忽视了对学生的个性经验及其个性差异的分析，后者同样是重要的教学依据，是教师从"抽象学生"意识转向"具体学生"意识的必经之路。一方面，我们需要厘清经验是什么。杜威认为，"经验包括一个主动的因素和一个被动的因素，这两个因素以特有的形式结合着。在主动的方面，经验就是尝试，而在被动的方面，经验就是承受后果。"被动因素类似于卢梭的"自然后果法"。从中我们可以得知经验的两种形式，"经验本来就是一种主动而又被动的事情；它本来就不是认识的事情。"在以往的教学中，教师往往将静态化的知识传授给学生，很少关注到经验的"主动的方面"，因此也就忽视了社会知识转化为个性化知识的过程。这样的教学是没有生命感的，同样也是将知识被动地给予学生，忽视了学生个性化经验的参与。实际上，学生状态的分析不仅需要教师了解学生对已有知识的把握情况，还要引导学生将新知识进行内化，丰富自己的经验世界，从而实现对知识的"创造性占有"。另一方面，学生由于先天和后天的种种因素，个性差异是普遍存在的。但教师却往往忽视个体之间的差异性，以自己的预设为主导，关注更多的是教学的结果，实则学生的个性化差异是非常重要的教学资源和财富。

2. 学生潜在状态分析

学生潜在状态是指根据学生的需要、兴趣、爱好及其人格，在承认个体差异的基础上，充分挖掘学生的潜能、天赋，即学生发展的可能性。[①]

对学生潜在状态的分析也是教师进行教学设计需要考虑的重要因素。在全面了解学生前在状态的基础上，教师应该对学生潜在的可能性、发展的可能性以及学生遇到的学习困难等方面进行分析。一方面，青少年的学习具有很大的自主性、专业性和探索性。初中学生具有较大的学习积极性，他们会将课堂内学到的知识延伸到课堂之外，同时对知识的整合与理解能力大大提高，可以能动地利用已有的知识对外部世界的信息加以理解。这说明学生具有巨大的发展潜能，教师需要关注并且挖掘学生的潜能，而不是只关注教学的结果。另一方面，

①蔡其全.知识学习的发展功能及其局限研究[D].武汉：华中师范大学，2021.

教师还需要将潜在的可能变为现实的发展。因此，在进行教学目标设计时，教师不仅要关注学生的"最近发展区"，还要预估学生在学习新知识时可能会遇到的困难障碍及其解决办法。比如在学习八年级下册的《蒹葭》时，由于学生对这类爱情诗歌感受不够充分，学生需要通过吟读体会"情深景真，风情摇曳"的情感与意境，因此在学情分析时，教师需要全面了解学生的朗读和吟诵水平，给予符合学生实际水平的指导，在知晓大意的基础上使得学生的朗读"更上一层楼"，并且借助吟读感受诗歌所创设的意境。

进入初中阶段的学习之后，学生对古诗词的学习不能只局限于背诵和默写，应在此基础上从数量和质量上提升古诗词的学习内容。上述对学生前在状态和潜在状态的分析，目的是更好地促进学生的发展和教师的教学，同时教师的教学意识也应该从"抽象学生"向"具体学生"转变。对学生真实状态和可能状态的把握不管是在教学目标的确定、教学过程的设计、教学反思的深化还是在古诗词的学习活动中，其重要性都是不言而喻的。

（二）立足学生，精心设计古诗词教学目标

在以往的教学设计中，教学目标的设计存在以下几个问题：一是以知识为主导的知识本位目标；二是肢解式教学目标，即将学生的全面健康发展割裂为几部分去实现，不具备递进性与连续性；三是不具体的教学目标。也就是说，教师在设计教学目标时，盲目地以知识为中心，缺乏整体教学意识，忽视教育对象的个体差异性。因此，在实际的古诗词教学中，教师应站在学生立

场上，扩大教学视野，不能只局限于某一节课的设计。笔者认为，教学目标设计应着眼整体，循序渐进地培养学生的语文能力，并针对个体差异因材施教。

1. 做好整体教学规划设计

在学情分析的基础上，系统研读教材，对自己所教的年级要有整体的教学规划，比如这一学年我们最终达到的目标是什么？学生要达到哪些学习要求？对整体规划的考量主要涉及学情分析以及能够清晰把握教学要求两个方面。

第一，教师需要从学生立场出发，根据语文学科的独特性以及初中学段的身心发展特点去教学，将抽象的教学要求转化为具体的教学行为。语文学科有其独特的育人价值，相比于数学学科而言，语文学科集中于对字词句篇的理解，审美能力的培养以及对精神文化世界的充实。在语文教学的众多文体中，古诗词也有其独特的特征。古诗词不仅在形式上短小精悍，在内容上也是非常丰富的。教师需要认识到古诗词深厚的文化底蕴，将古诗词教学与传统文化教育密切融合在一起，让学生在记忆、背诵和理解之后进行体味和感知中华传统文化，从而丰富学生的精神文化世界。

第二，古诗词教学需要考虑到各年段学生的特点。对七年级的学生来说，由于刚刚进入初中阶段，对古诗词的学习还停留在背诵积累的阶段，习惯先背诵再理解，尚未形成先理解后背诵的习惯，容易忽视情感的体验和古诗词的韵律之美，较少关注古诗词"情"与"景"的关系，并且由小学阶段的"点状学习"到七年级的"群聚学习"之间的过渡尚未较好地衔接起来。因此，在七年级的古诗词教学中，教师可以先向学生布置预习古诗词的任务，学生能够在自学的基础上有一定的初步感知。此外，吟诵是感受情感的重要方式之一，学生能够在吟诵的过程中感受诗（词）人写下这首作品时的心境与思绪，但教师需要有一定的吟诵功底。

八年级开始出现宋词，学生对唐诗与宋词之间的差别了解得并不深入，教师需要在形式与内容两个方面指导学生区分唐诗与宋词。另外，在初中学段的古诗词中，意象出现得越来越多，但学生尚未理解"意象"与"意境"的密切关联，需要聚焦学习"意象群"，对典型的意象有整体的把握。同时，八年级对宋词的学习越来越集中，学生会产生对某一诗人或者流派的偏爱，但很难深入理解宋词的情思与意境。进入九年级，开始出现元曲。在这一阶段，学生已经熟悉唐诗与宋词的形式，可以尝试自主探索三种文学形式之间的区别与联系，大致了解古代文学发展脉络，并且在八年级学习的基础上试图赏析诗歌并形成一定的语言表达能力。这一阶段为学生学习古典文学和感悟古典文化，丰富精神文化世界，提升语言表达能力奠定了基础。

此外，语文课程标准是语文教学的总的要求和纲要，因此在进行整体教学规划时教师需要以课程标准为参考，从而进行整体规划教学设计。《义务教育语文课程标准（2011年版）》提出，对七至九年级的学生，古诗词的学习要求主要包括阅读和写作两个部分。就古诗词的阅读方面来说，语文课程标准要求"随文学习基本的词汇、语法知识，用来帮助理解课文中的语言难点；了解常用的修辞方法，体会它们在课文中的表达效果。了解课文涉及的重要作家作品知识和文化常识"，同时"背诵优秀诗文80篇（段）"；在写作方面，则要求学生"能根据文章的基本内容和自己的合理想象，进行扩写；能变换文章的文体或表达方式等，进行改写"。因此，在制定年级整体教学规划时，要仔细研读课程标准，明确七到九年级的学习要求与任务，才能对古诗词教学有明确的规划。

2. 设计递进长程的阶段目标

设计递进长程的阶段目标是实现整体规划的必经之路。"长程两段式"教学目标设计是"新基础教育"研究所提出的重要理论实践成果，主要有"教结构"与"用结构"两段。在"教结构"阶段，学生主要用发现的方法去习得知识，并形成一定的方法结构与内容结构，一般用时较长，因为学生需要一定时间的理解和适应过程；在"用结构"阶段就是学以致用的过程，学生将习得的结构用于其他课文的学习，并能进行相应的调整和变式。具体到古诗词教学中，教师一般运用"一篇带几篇"即"以点带面"的形式进行教学设计。由于在统编初中语文教材中，古诗词是分散编排的，并未集中到一个单元，这就需要教师根据自己的理解以及古诗词的特点，在结合学情分析的基础上充分利用教材资源以及其他教学资源进行重新整合。比如在统编初中语文六册教材中，李白的诗歌选入最多，教师可以以李白的生平经历为线索，将其诗歌串联起来，学生结合诗人的生平经历，了解诗人当时的处境，能够更容易使学生体会与感受诗人的情感艺术与情感魅力。这种教学目标设计对教师来说不仅是一次教材资源的重新组织，而且还能在这一过程中感受精神文化的滋养，是教育者与受教育者共同成长与发展的过程。以下是某教师对诗歌教学的阶段目标设计。

表4-1　诗歌教学的阶段目标设计

材料来源	主要教学活动	阶段目标
初中阶段的10首诗歌	组织学生学习，指导学生理解和欣赏	1. 对诗歌的含义进行理解 2. 体会诗歌的艺术风格、表达方式等
学生所收集的个人最喜爱的诗歌	学生向班级同学介绍诗歌	1. 知道可以有多种途径收集资料 2. 能介绍自己喜爱的诗歌
已有诗歌	学生进行"同题创作"，即运用诗人原有的题目进行再创造	1. 能结合自己的感受，选择喜欢的题目进行诗歌的再创作 2. 享受创作的乐趣
学生创作的诗歌	诗歌朗诵会的交流、板报展示	1. 乐于和他人交流写作的成果 2. 在交流中对原有诗歌进行再理解

　　该教师充分利用教材资源却不拘泥于教材。在教材中选择其中的10首诗歌，教师引导和指导学生进行学习，使学生对诗歌艺术鉴赏形成初步的认识，以此为基础，学生进行自主学习，包括自主搜集诗歌的相关资料以及介绍自己喜爱的诗歌。学生能够利用之前学习10首诗歌的经验，对自己所选择的诗歌进行赏析，从而培养良好的学习习惯。同时，教师还着重训练学生的创作能力，开展多种活动，包括对已有诗歌的再创作以及学生自我创作诗歌等活动，在这些活动之中，学生可以不再受到

课上古诗词学习的束缚，扩大自己的学习视野，还能够再将课上所学的诗歌鉴赏方法在活动中活学活用。这种阶段目标设计不仅能够培养学生的创新思维和创新能力，帮助学生多角度地看待诗歌艺术，而且能加深学生对已有诗歌的理解，提高自身的语言表达能力。在"教结构"与"用结构"的两个阶段中，教师要注意衔接的连贯性，在阶段目标的设计中开阔自己的视野，不拘泥于教材现有的资源，多角度、多方面地开发教学资源。

3. 量身定制弹性的具体目标

这是在分析"具体学生"并且认识到学生个体差异的基础上完成的。在整体规划以及阶段目标的设计中，涉及的是"整体学生"的分析，还需要转化到"具体学生"身上。学生个体是有差异的，教师要针对不同学生之间的差异，制定能够促进学生个人发展的教学目标。这是对学生个体差异的尊重，而不是一味地要求学生发展"统一化"。因此，教师应该以积极的态度期待每个个体能够在原有的基础上有一定的提升和不同程度的发展。比如教师在讲授八年级下册杜甫的《茅屋为秋风所破歌》时，由于篇幅较长，有些学生的记忆能力较强，能够在理解内容的基础上快速进行背诵，那么针对这一类型的学生，教师应该提出更高的学习要求，如自主查阅拓展学习资料等；有些学生的记忆能力较弱，所以要尽量鼓励引导学生进行理解，完成课堂学习任务之余进行理解背诵。

二、优化教学过程，挖掘育人价值内容

"教学"是构成教学活动的基本分析单位。以往的课

堂教学大都忽视了学生主动发展的可能性，教师知道这
节课要教什么、如何教，但学生却不了解，导致学生盲
目地接受教师所灌输的知识，在教学过程中处于被动地
学习状态。笔者认为，古诗词所蕴含的育人价值内容理
应在教学过程中得到体现，并且在教学过程中仍然要以
学情分析为基础，立足育人，优化古诗词教学内容。

（一）教学过程中需要注意的问题

教学过程主要包括了教学内容的展现与师生互动的
交往过程。在此过程中需要注意两个问题，一是以学情
分析为基础，整体把握学生的学习状态；二是基于育人
立场，在师生互动中促进课堂主体的共同发展。

第一，教师要做到的是把握学生发展的前在状态与
潜在状态，也就是分析学情的重要性，这有助于教师对
学生的真实状态与发展状态进行整体性的把握，从而更
好地进行学情分析和教学过程设计。长期以来，大部分
的教育者忽视对自我生命的关注与学生生命的关注。虽
然教育的终极价值是"人的教育"，但在教育事业的发展
中，符号化的知识充斥着课堂，学生对课堂的参与较少，
主动性较弱，这是传统语文教学模式的弊病。在现如今
的语文教学中也存在着类似的问题。因此，教师不仅要
有"生命感"，还要将"生命感"转化为教学实践与教育
研究，真正看到学生的生命成长价值，而不是单纯地喊
着"以学生为中心"的口号。

第二，互动生成的课堂教学才符合师生生命成长的
内在需要。教师要将学生邀请到"有生命感的课堂"中，
重视自我生命与学生生命的内在联系。这一过程需要教

师与学生的互动生成，但这并不意味着课堂教学中只需要教师与学生的"一对一"的互动，还包括学生与学生，学生与环境等多方面的互动。此外，教师还需要具备对学生所提问题的敏感性和洞察力。学生提出的问题有时会给教师带来教学灵感，使得课堂教学收获不一样的效果。教师作为课堂教学的主体之一，在课堂上展现的不仅是他的学科素养，还有其自身的人格魅力，因此，教师在古诗词教学中也可以试图借助自身的人格魅力使得学生渐入佳境。

（二）立足育人，优化古诗词教学内容

古诗词具有丰富的情感、文化和美的教学资源，是促进学生成长、培养文学素质必不可少的教学内容。因此，笔者认为，可以从丰富情感体验、提高审美能力和丰厚人文素养三个方面优化古诗词教学内容。

1. 体悟·阅读：丰富情感体验

"体悟式阅读"主要指在古诗词的学习中，通过置身于诗歌所创设的情境，充分利用感官、想象、联想以及自身的语言表达来品味古诗词展现出来的艺术魅力。这种阅读不限制阅读方式，可以诵读，可以默读，也可以品读，以便学生能够置身于古诗词情境之中，而不是做一个毫无感情的旁观者。

"读，是阅读教学的一个重要手段。"对于古诗词来说，诵读能够帮助学生培养分析与综合的理解能力。诵读有很多种方式，教师要注意不能将诵读作为古诗词学习的目的，而是借助诵读，学生能够体悟到意象在诗词中的表现以及它所承载的情感，体悟情感的表达手法以及诗（词）人的语言风格。

（1）吟咏体悟，因象生意

"意"与"象"是构成意象的两个方面，但二者并不是割裂的。在古代文人眼中，其在作品中所选择的意象是主体情感化的投射，是主体与客体的统一。教师要引导学生明确意象所承载的情感意义和生活意义，通过诵读古诗词，帮助学生在意象的理解中读懂古诗词的真正意义。

比如在统编教材中，许多古诗词都借用到"云"这一意象，但在不同的诗人眼中，"云"的情感色彩大有不同。刘禹锡的"晴空一鹤排云上"，杜甫的"荡胸生层云"，王安石的"不畏浮云遮望眼"等诗句中，都借用了"云"这一意象，但所承载的意义却不同。因此，教师在建立"类意象"时要注意同一意象在不同情境下的含义。刘禹锡借用"云"这一意象描绘天空中白鹤的飞翔姿态，现出秋日天空放晴的画面；杜甫望泰山之高峻，见山中云气层出不穷，心中不觉为之荡漾，在此不仅写景，还表现出诗人自身的胸怀；王安石的"浮云"不仅指飞来峰上的云气，还代指眼前的事物，不能被眼前事物蒙蔽了双眼。由于当时王安石位极人臣，有远大的政治理想与抱负，因此这里的"浮云"还暗指奸佞的小人。

因此，虽然在许多古诗词中，一些诗（词）人运用的意象偶有相同，但是教师要提示学生注意其中蕴含的意义是否相同，将其不同的意义区分开来，不能以偏概全。

（2）创设情境，因声入情

情感是古诗词中刻画最细腻的部分，古代文人都用自己特有的方式来传达情感。"意境为情趣的契合融贯，但是只有意境仍不能称为诗，诗必须将蕴藉于心中的意境传达于语言文字，使一般人可以看到听到懂得"，情感的传达一般与语言的运用密切相关。因此，教师可以利用各种教学资源，如音乐、视频等，增强学生对古诗词情感的体悟。

第一，教师在进行教学时应注意古诗词创设的意境与语言文字运用的关系。由于思想与语言是处于一贯的状态，诗歌的节奏与语言处于同一个情境之中，借助诵读可以帮助学生体味诗（词）人所传达的情思情感。在学生诵读的过程中，教师可以适时加入音乐，从而帮助学生更好地从现实世界转到意境中，即音乐与诗教的结合。同时，对诗（词）人语言风格的感知也可以帮助学生在感受情感与意境时能够不仅仅停留在表层意义上，而是通过诗（词）人的语言风格深入的体味和理解整首古诗词的创作意义。

第二，教师在学生能够感知古诗词的情境之后，需要提出更高的要求——以情感体味情感。前者是指学生自己的情感，后者是指诗（词）人的情感。在实际教学中，许多教师的要求较为简单，学生只需要明白作者表达的情感就算完成了学习目标，但是忽视了学生自我的情感体验。笔者认为，将学生代入古诗词的意境之后，教师可以通过视频、音乐等教学资源创设情境，激发学生的自身情感，从而体验诗（词）人当时的心理活动。

2. 鉴赏·品析：提高审美能力

孙绍振、孙彦君认为，文学文本解读至少有三个层次："意象、意脉和文学形式"。在文本分析时，笔者认为教师应该至少从这三个方面引导学生品味古诗词的美，从而培养学生文学鉴赏与评价的审美力。

（1）由表及里，理解意象的深层含义

古诗词意象的选择与运用并不单单是表层上的意义，而是诗（词）人为了自身情感的宣泄与抒发而特意选择的，从而由眼前之意象联想到自身。在实际教学过程中，许多教师的教学方式较为模式化，导致学生对意象的理解并不透彻。笔者认为，对意象的理解可以通过其表层含义，再结合诗（词）人的生平经历延伸到古诗词深层含义的体会中。例如教师在教学七年级上册杜甫的《江南逢李龟年》时，对"落花"这一意象不能简单理解。首先，从题目中看，这首诗描述的是诗人杜甫在江南与李龟年相遇的场景，教师需要向学生介绍李龟年这一人物，或者学生自主查阅资料了解李龟年。从历史资料中可以得知，李龟年是当时盛极一时的宫廷歌唱家，"安史之乱"之后流落江南，与当时漂泊的杜甫在落花时节再一次相遇。学生从这一过程中不仅能了解杜甫与李龟年的人生遭遇，还能了解"安史之乱"的大致情况。其次，学生要明白"落花时节"的时间节点，是暮春时节，即从表层意义上理解这一意象。最后，再结合诗人与李龟年的遭遇，可以得知"落花时节"不仅仅指出这首诗写作的时令，还意味着唐朝由盛转衰的发展以及诗人杜甫和李龟年落魄飘零的状态。

（2）物我合一，品味情景关系的融合

克罗齐在《美学》中说："艺术把一种情趣寄托在一个意象里，情趣离意象，或是意象离情趣，都不能独立"。因此，对情景关系的品味也是古诗词教学育人价值内容的重要组成部分。在实际教学中，许多教师除了让学生明白诗词所表达的情感及其表现手法之外，对意象与情感的融合并未进行深入挖掘。笔者认为，教师需要在情景关系构成的意境中让学生明白这首作品中出现了哪些意象，每个意象含义是什么，还要让学生理解选用这一意象的意图以及与情感的关联，从而感受情感与景物融为一体的状态。

"意境是指作者的主观情意与客观物境互相交融而形成的艺术境界"。以七年级上册马致远的《天净沙·秋思》为例，这是学生进入初中阶段以来接触的第一首元曲，并且这首元曲中全部都是意象。教师需要注意在教学时不要将其肢解开来，否则就变成了意象的叠加，影响学生去品味意象构成的境界之美。"枯藤老树昏鸦，小桥流水人家，古道西风瘦马。夕阳西下，断肠人在天涯。"整首作品中涉及11个意象，教师要带领学生品读这些意象，树藤是枯的，树木是年老的，还有黄昏时刻的乌鸦，西风中的古道与消瘦的马儿，还有夕阳西下的断肠人，渲染出凄凉的氛围，这是文人的主观情感与客观景物相交融而产生的境界，学生在意境中能够品读出游子在外孤独寂寞的思乡之情。

（3）鞭辟入里，把握古诗词的形式美

古诗词这一文体"是通过形象思维，用凝练、形象和有韵律节奏的语言，集中地反映社会生活，抒发作者思想感情的一种文学样式"，有其独特之美。教师需要引领学生将各种文体区别开来，并能够感知文体的独特美感。许多教师在教学中只是注意到古诗词与其他文体在原生形式上的不同，却忽视了规范形式的差异。因此，笔者认为，教师在教学中应该充分挖掘古诗词艺术规范形式的独特性，从而更深入地把握古诗词不同于其他文体的形式之美。

举个例子来说，八年级下册白居易的《卖炭翁》全诗在于刻画南山卖炭老翁的形象，学生在初读诗歌时，教师需要借助注释帮助学生理解整首诗歌的释义，同时，将卖炭老翁的形象特点通过阅读、翻译等方式进行概括总结，学生能够体会到白居易笔下卖炭老翁的艰辛与困苦。接着向学生介绍写作背景，引导学生了解当时的政治经济情况，揭示当朝统治者的剥削与腐败，有力地鞭笞统治者的黑暗统治并表达对劳动人民的同情。因此，在学习古诗词的过程中，学生能够了解该首诗歌的表现内容，这是第一层次的意脉。第二层次的意脉是中唐时期宫市为害之深的社会现象，第三层次则是运用陪衬与反衬，全诗围绕"卖炭得钱何所营，身上衣裳口中食"两句描绘了希望化为失望的悲哀。

3. 点拨·补白：丰厚人文素养

古诗词虽精炼含蓄，但其中却蕴含着深厚的文化底蕴，值得在教学过程中引导学生去领悟中国古典文化。笔者认为在古诗词教学过程中，学生需要借助相关的资料，对古诗词的创作背景、历史文化背景等方面有大致的了解，为学习古诗词奠定知识基础，在此基础上拓展学生学习古诗词的文化视野，丰厚其人文素养。此外，教师在教学过程中可以引导学生对古诗词进行创新性的改写或再创作，这也不失为一种提高学生文化认知力，培养文化创造力的方法。

（1）精心布置古诗词学习任务

学生自主查阅资料的过程也是育人价值的开发过程。在统编教材对古诗词的编排中，其中的注释部分只包括对诗（词）人生平的简单介绍以及对诗词中个别字词的解释，因此许多拓展资料需要学生自主查阅，以便丰富学生对古诗词的学习。在以往的教学中，教师会主动提供一些筛选过后的相关资料，学生只需要被动地接收这些信息，这样的教学方式使学生始终处于被动的状态，对这些资料的吸纳也是机械的。因此笔者认为，可以将查阅资料的任务教给学生，这一过程也是学生丰富自我文学底蕴，提高辨析能力的过程。

教师可以在课前布置查阅相关资料的任务，可以是诗（词）人的传记文章，可以是关于这首诗（词）作的写作背景，也可以是对这首诗（词）的赏析材料。学生在自主查阅的过程中，不仅能够形成自主学习的习惯与能力，还能够在浩瀚的信息世界中辨别和筛选自己需要的、较为权威的材料，同时也能够扩充学生的知识面，学会在阅读中思辨，能够对这首诗歌各个方面的背景有较为完整的把握，有利于学生融入古诗词的意境。但在以往的教学中，出现较多的情况是教师把课本上仅有的诗（词）人简介读给学生听，忽视学生学习的主动性和积极性。在古诗词教学中，教师需要在充分考虑学情的基础上将学生可能有疑问的地方进行讲解。

以九年级上册辛弃疾的《丑奴儿·书博山道中壁》为例，教师在课前布置预习以及查找资料的任务，教师可以提供查找资料的网站或者阅读书目，提前让学生进行阅读。比如学生可能会从词人的生平经历入手，了解当时的历史文化背景，懂得辛弃疾在家国即将破碎，自己却被弹劾去职，面对秀丽的景色无暇欣赏只想精忠报国的愁绪与壮志。如学生可能会从当代对辛弃疾的评价中了解词人，"辛弃疾的词里面表现了他的意志、理念的本体的本质，而且他是用他的生命去写他的诗篇的，用他的生活来实践他的诗篇的"。如学生可能从诗词鉴赏的角度品析该文学作品的语言、意象及情感表达手法的运用等，或者学生可能会寻找词人的其他作品进行比较阅读或者同类阅读。借助阅读拓展资料进行古诗词学习当然是不够的，相关材料只能辅助学生较为全面地了解古诗词所承载的重要意义，在古诗词的学习中更多地需要教师进行引导。

（2）改写诗词，再造创新

写作是初中阶段的学生必不可少的学习内容。但在实际的教学中，从古诗词的学习中训练写作的时间少之又少，甚至在考试测验的作文中都会写明"文体不限，诗歌除外"。其实，在古诗词中学生能够通过各种方式提升自己的写作能力与创新能力。笔者认为，学生可以通过散文化写作、诗词的音乐性创作、引用古诗词以及对古诗词进行再创作等方式发挥古诗词的学习价值。

古诗词精炼的语言艺术是现代作品所无法超越的，有些作品仅以四言四句就能将整个的意境烘托渲染出来，使读者不得不为之惊叹。学生在学习一首古诗词时，会产生关于这一作品的感想，教师可以引导学生将这些感想形成于文字，用散文化的语言表达出来，借助自己的想象和联想，将诗词中的意境再次呈现在眼前，这不仅能够提高学生的语言表达能力，还能加深学生对诗词的理解，同时可以激发和培养学生的创作能力。

信息技术的发展使得古诗词也可以使用多种工具辅助教学。自隋唐开始，中国开始出现新兴音乐，"词就是配合这些新兴的音乐的歌曲来歌唱的歌词"。教师可以在古诗词学习之余调动学生的积极性，在已有条件下将古诗词和乐而歌。教师可以借助流行音乐来激发学生的创作欲，从而使教材中的文字"活"起来，这样的古诗词就不再是用眼睛看到的文字，也可以是听到的音乐声。比如歌曲《但愿人长久》改编自苏轼的《水调歌头·明月几时有》，还有歌曲《滚滚长江东逝水》改编自明代杨慎的《临江仙·滚滚长江东逝水》等。当然，在借助流行音乐进行创作的过程中不能随意更改古诗词的本义，教师要注意引导学生在基于诗词原意的基础上进行一定程度的改编。

三、改进教学反思，完善育人价值实践

"教学反思的对象应该涵盖有关教学的整个过程"，教师在教学反思中不仅要增强育人价值资源的利用意识，还要积累教学经验改进育人价值实践。笔者认为，教师对"古典诗词的解读是否恰当，问题提炼是否精准，教

学步骤是否合理，教学契机是否捕捉，再教设计是否提升等"，都是教师在教学反思中需要重点关注的内容。

（一）教学解读的适切性反思

对教学解读的反思实际上是对古诗词教学内容的反思，即在课堂教学后，教师对自我教学内容的反省与思考。王荣生认为，对文学作品的教学应专注以下三个方面："对'生命意识'的关注；'美'的积累、'美'在此处、'美'的发现；多元有界"。古典诗词的教学反思也应该从这三个方面出发，指导教师从诗词解读是否适切的角度进行教学反思。首先，学生学习古典诗词的目的是促进自身人文素养的发展。教师在课前的备课、课堂教学以及课后的反思中都要思考的首要问题是：学生能够得到哪些方面的发展？对这一问题的思考应该贯穿于语文教学的始终。其次，创设良好的情境有助于学生体会古典诗词的美感。因此，情境教学是否能够让学生感知到古诗词的美感成为教师反思的重要内容。教师可以通过学生在课上和课后的反应来进行反思，这样可以客观地了解学生的学习收获及自身的教学效果。最后，"多元有界"是指对文学作品的诠释是有界限的，不能随意曲解其本意。

（二）教学机智的应用性反思

教学契机在古典诗词教学中是非常珍贵的教学资源，它会在某一刻调动学生的积极性，激发学生的情感，从而将学生代入古诗词的情境中。因此，教师在课堂教学中是否充分利用和展现教学机智，是教学反思的重要内容之一。

（三）教学步骤的合理性反思

古典诗词的教学不同于现代文的教学，它具有历史性和传统性。在教学中，教师需要根据学生的认知发展规律进行设计。在教学反思中，教师也需要对自己的教学设计进行反复研究，同时从自己的教学环节中发现问题，反思是否能直击教学重点，教学步骤是否出现断层式过渡等。

中小学教育原则之一就是循序渐进，由于古典诗词自身的理解难度较大，教师在教学过程中需要紧扣文本，并且要有渐进式过渡，能够使学生在理解古诗词内容的基础上层层深入。教师还需要反思自身是否对学生的个体差异有一定的了解，每个学生通过课堂学习获得了哪些实质性的提升等。古诗词是一种特殊的文体，历史发展久远，与中国古代文学的发展密不可分。在古诗词教学中，学生是否能够把握古诗词的抒情性，是否能够沉浸在意境之中，感受情境创设的艺术性等，都需要教师结合自身的课堂教学环节和教学行为来进行反思。

（四）再教设计的提升性反思

教师需要考虑所设计的教学内容、教学环节是否符合学生现有的学习认知水平，这是以学情分析作为反思基础的。每一次对教学设计的反思都有助于教师理解教育的意义，更新和完善内在的教育理论与观念，从而丰富自身的教学经验，促进教师专业成长。在反思的过程中，教师不断地重新解读自己的教学，不断产生新的问题，并且收获新的答案，这也许就是教学反思的实质。教学反思的过程也是教师自身成长的过程，通过每一次课堂的设计、实施、总结，能够为下一次的教学积累经验，促进教师自身的成长。

教育的最终目的是促进人的发展，学生是否在课堂教学中学习到必要的基础知识，提升语文学习能力以及完善个体人格等，都是教师在教学反思中应该涉及的重要内容。教师在教学反思时需要将自我再次置于当时的教学情境中，反观自身的教学是否能够使学生的语文学习能力获得发展和提高，学生是否能够真正体味到古诗词的艺术魅力，从而为下一步的教学做足准备。

参考文献

[1]蔡其全．知识学习的发展功能及其局限研究[D]．武汉：华中师范大学，2021．

[2]丁佳慧．小学语文中儿童文学教育价值与实践探索[J]．职业技术，2017，16（10）：107—109．

[3]段双全，倪浓水，杨树果．基础教育写作理论教学的三个评价标准——语文名师写作教学评价标准探究之一[J]．写作，2016（03）：30—34+56．

[4]耿君．汉代舞蹈审美文化研究[D]．济南：山东师范大学，2021．

[5]黎晓雯．初中古诗词教学策略探究[D]．南昌：江西科技师范大学，2021．

[6]李明．论中国古代文学批评与创作的一体性[J]．南都学坛，2021，41（04）：43—48．

[7]李青．现代性视角下美国非正式科学教育发展研究[D]．成都：四川师范大学，2021．

[8]梁利玲．中国古代文学经典再发现之《搜神记》初探[J]．今古文创，2021（44）：19—20．

[9]林志芳，潘庆玉．中小学语文课程中革命文化教

育的价值澄清与实践路径[J]. 课程. 教材. 教法，2020，40（05）：99—105.

[10]凌云志. 古代文学视角下的乡村田园声景意境——评《中国古代文学名篇鉴赏辞典》[J]. 热带作物学报，2021，42（04）：1269.

[11]卢文忠. 马克思主义文化理论[M]. 重庆：重庆大学出版社，2020.

[12]罗筠筠，庄谦之. "仓颉造字"说的形成与汉字内涵的演变[J]. 开放时代，2021（03）：92—103+8.

[13]罗雄. 高等学校时代新人培育研究[D]. 湘潭：湘潭大学，2020.

[14]吕稳醒，赵亮. 新时代视角下的中国古代文学理论探索——评《古代文学理论研究》[J]. 语文建设，2020（21）：82.

[15]任健. 中国古代文学蔷薇意象与题材研究[D]. 南京：南京师范大学，2019.

[16]宋雪伟. 李商隐无题诗研究[D]. 南京：南京师范大学，2021.

[17]孙洁. 论语文教育价值观及核心能力评价标准[J]. 语文建设，2017（15）：4—5.

[18]武小元. 互联网+背景下职业院校语文教育探析[J]. 文学教育（下），2021（12）：76—77.

[19]徐季子. 浙东学派当代名家[M]. 宁波：宁波出版社，2007.

[20]张艳艳，刘鑫. 高校学生文学欣赏能力的培养

[J]. 文学教育（下），2021（11）：68—69.

[21]赵井春.《故事新编》的文类性质、创作方法、意义与文学本体阐释[J]. 南京师范大学文学院学报，2013（02）：53—59.

[22]赵乔翔，曾婷凤. 语文教育重大偏误梳理与分析[J]. 三峡论坛（三峡文学·理论版），2019（06）：93—95+111.